화산전생

정준 신무협 장편소설

ORIENTAL FANTASY STORY & ADVENTURE

dream
books
드림북스

화산전생 3

초판 1쇄 인쇄 2017년 5월 24일
초판 2쇄 발행 2018년 7월 20일

지은이 정준
발행인 오영배
기획 박성인
책임편집 이대용
표지 일러스트 eunae
디자인 권지연
제작 조하늬

펴낸곳 (주)삼양출판사 · 드림북스
주소 서울시 강북구 도봉로 173
대표 전화 02-980-2112 **팩스** 02-983-0660
편집부 전화 02-980-2116 **팩스** 02-983-8201
블로그 blog.naver.com/dreambookss
출판등록 1999년 3월 11일 제9-00046호

© 정준, 2017

ISBN 979-11-283-9195-8 (04810) / 979-11-283-9192-7 (세트)

드림북스는 (주)삼양출판사의 판타지 · 무협 문학 브랜드입니다.

화산전생

華山前生

3

정준 신무협 장편소설

ORIENTAL FANTASY STORY & ADVENTURE

dream books
드림북스

목차

第一章

무사귀환(無事歸還)

　길다고 말하면 길고, 짧다면 짧은 강호행이 끝났다.

　끊임없이 분쟁이 발생하고 있는 곳에 참전했다. 이후 적에게 포위되어 기적적으로 살아남았다.

　다시 화산으로 돌아가려 했으나 수림구채와 천하백대고수에게 습격을 받고 행방불명됐다.

　어찌어찌 구사일생해서 돌아가는데 이번에는 천하백대고수 정도는 아니지만 사도천의 고수에게 습격을 당했다.

　연화각의 강호 출도는 연례행사였지만 역대 강호행 중에서도 이 정도로 파란만장한 적은 없었다.

　그 외에도 남들에게 밝힐 수는 없는 일도 있었다.

훗날 미래의 역사에 중요 인물이 될 만각이천과 상왕. 이 둘의 만남 덕에 삼안신투의 비고도 털었다.

"음, 그다지 주목받지 않아서 좋군. 예상대로야."

평소였다면 자신의 행보가 꽤나 주목받고도 남았겠지만, 지금 무림은 비고로 이목이 쏠려 있었다.

화산파도 마찬가지다.

유정목 다음으로 주서천의 안전을 확보하고 싶었던 구풍 또한 어쩔 수 없이 중경으로 갔을 정도였다.

화산파의 자존심인 연화각원을 데려오는 건 확실히 중요한 일이었지만 비고의 건과 비교될 건 아니었다.

주인 없는 삼안신투의 비고가 있다. 주요 전력을 전부 투입해서 탐색해야 할 이유로는 충분했다.

주서천의 입장에선 쌍수를 들고 환영할 일이었다. 덕분에 괜한 주목이나 귀찮은 일을 피할 수 있었다.

비고의 재물은 어차피 사정상 전부 손에 넣을 수 없으니, 그 존재를 철저하게 이용해서 득을 봤다.

"사제!"

누군가를 반기는 목소리였다. 또한 낯설지 않았다.

고개를 돌리니 눈물을 글썽이는 사형제가 있었다.

"사형, 사저."

장홍과 장서은이었다.

"이 녀석!"

장홍은 눈물을 글썽이면서 주서천의 머리를 겨드랑이에 끼곤 머리를 마구 쓰다듬었다.

머리카락이 이리저리 헝클어지면서 새집처럼 변했다.

장서은은 그런 두 사람을 보면서 눈물을 뚝뚝 흘렸다. 표정을 보니 그동안 자신 탓에 마음고생을 얼마나 했는지 대충 예상은 갔다.

"우리가 너를 끝까지 신경 썼어야 했는데……!"

장홍도 훌쩍이곤 중얼거렸다. 목소리가 미세하게 떨렸다. 울음을 필사적으로 참는 게 느껴졌다.

비록 함께한 시간이 그렇게까지 길지는 않지만, 그래도 나름대로 주서천에게 정이 쌓여 있었다.

또한 장홍은 어리나, 사형으로서의 책임감 또한 제대로 느끼고 있었다. 그 마음가짐에 죄책감이 따랐다.

그런데 죽은 줄만 알았던 사제가 돌아왔다. 그 기쁨은 말로 설명할 수 없을 만큼 기뻤다.

"괜찮습니다, 사형과 사저 탓이 아니니까요."

주서천은 어린 둘을 안아 주면서 등을 토닥여 줬다.

어째 장홍과 장서은이 더 사제 같았다.

"도대체 어떻게 살아남았니?"

"자세한 걸 듣고 싶어."

할 말이 많아 보였다.

"그게……."

"사형!"

말이 도중에 끊겼다. 장홍에게 안긴 채로 고개만 돌렸다. 목소리의 근원지에 익숙한 얼굴이 보였다.

글썽이는 눈망울, 일 년 사이에 한층 더 빛을 발하게 된 미모, 급히 달려온 듯 숨을 헐떡인다.

"사매."

낙소월이었다.

"……!"

낙소월이 몸을 번개같이 날렸다. 장홍이 그 기세에 놀라 옆구리에 낀 주서천을 놓아주었다.

"사형!"

낙소월이 주서천에게 안겼다.

"그래."

주서천이 못 말리겠다는 듯이 웃었다.

"살아, 있어서…… 정말, 로…… 다행, 꼭……."

낙소월이 도중에 말을 잇지 못하고 울음을 터뜨렸다. 나이에 비해 성숙해도 아이는 아이다.

정과 친분을 쌓았던 사람의 죽음은 아직 성년도 되지 못한 소녀에겐 너무나도 무거웠다.

"다시 만나서 반갑다."

품 안에서 우는 낙소월을 열심히 토닥여 줬다.

'나에게 이런 날이 올 줄이야…….'

전생에서도 비슷한 일이 있었다. 아군이 대패했던 격전지에 참전했다가, 운이 좋아 생환한 적이 있었다.

하지만 이렇게 누군가가 반겨 준 적은 없었다. 그때는 침상에 누워 의원에게 치료만 받고 끝났다.

몇몇 면식만 있는 사형제가 와서 인사만 하고 돌아갔다. 스승을 잃은 이후 자신은 쭉 혼자였다.

가슴 깊숙한 곳에서 울컥하는 감정이 있었다.

나쁜 감정은 아니었다.

이 날, 사형제의 연이 무엇인지 처음으로 알게 됐다.

*   *   *

중경, 삼안신투의 비고.

"아아악!"

탐사는 순탄치 않았다. 기관 지식이 전무하니 당연한 결과였다.

툭하면 함정에 걸려 사망자나 부상자가 대거 발생했다.

무림맹이나 사도련이나 마찬가지였다.

비고가 공개된 지 어언 석 달. 아직 채 중간도 가지 못했다.

그러나 간간이 발견되는 보물 덕에 도전자는 끊이지 않았다. 정파, 사파 외에 낭인들도 몰렸다.

가끔씩 전대의 고수의 명맥을 잇는 자들도 나타나기도 했다. 그럴 때마다 시끌벅적해졌다.

탐사가 장기화되면서 암장(巖場)도 모습을 조금이나마 바꿨다. 적어도 사람들이 지나는 길과, 막사가 들어올 공간 정도는 생겼다.

사람이 많다 보니 상인들도 제법 몰렸다. 그들은 비고 인근에 세워진 임시 진지에 여러 가지를 팔았다.

평소에 보지 못하는 고수들이 모이자, 그에 따른 구경꾼도 몰렸다. 사람은 물론이고 개미 새끼 한 마리 보이지 않던 암장은 어느덧 사람들도 북적였다.

다만 마을을 형성할 것 같지는 않았다. 비고 외엔 아무것도 없으니 탐사가 끝나면 모두 굶어 죽는다.

"이 개만도 못한 놈!"

"비고 안에서 보자!"

정사가 한자리에 모이면 싸움은 필연일 수밖에 없다. 그래서 무림맹과 사도천은 전쟁을 방지하기 위해 평화 협정을 맺었다. 그게 비고 협정이었다.

그 탓에 탐사 기간은 물론이고 각자 세력권으로 돌아가기 전까지 싸움은 강제적으로 금지됐다.

확실히 비고협정이 있어 탐사 기간 도중 시비가 붙어 싸우는 일은 크게 억제됐다. 다들 조심했다.

단, 어디까지나 비고 바깥에서 일어나는 경우였다.

삼안신투의 비고의 경우는 달랐다. 그 안은 지옥이었다.

비고에선 길을 잃어 실종되거나. 혹은 함정에 걸려 시체도 건질 수 없는 경우가 번번이 벌어졌다.

사람들은 이를 이용해서 비고에서 살인을 저질렀다. 살해해도 함정 속에 시체를 내던지면 증거가 사라지는 것이니 후환을 두려워할 필요도 없었다.

무엇보다 눈앞에 보물이 있는데 그걸 그냥 보고 있을 리없었다. 빼앗기 위해 죽이는 경우도 흔했다.

무림맹과 사도천도 비고 안에서 일어나는 일은 현실적으로 어찌할 수가 없었다.

이렇다 보니 탐사도 늦춰질 수밖에 없었다.

비고 안은 위험천만했으나, 보물을 가지고 나가기만 하면 팔자를 고치고도 남는다.

목숨을 걸어도 부족하지 않았다.

"암천회만 실컷 득 보겠군."

강호에 기관지술이 다시 모습을 드러낸 것 자체가 암천회에 의해서다. 제갈승계 만큼은 아니지만, 기관에 대해서는 암천회도 누구보다 잘 알고 있었다.

"승계가 없으니 무림맹도 얻는 건 없을 거야."

전생에서는 그래도 제갈승계가 탐사에 참여한 덕에 정파가 상당한 보물을 확보할 수 있었다.

그 당시 사파는 기관지술에 대해 아는 것이 없어 보물을 확보하기는커녕 손실만 얻었다.

이 일을 기점으로 후에 기관지술을 연구하게 됐다.

"그래도 중도만공이나 유령신공, 소환단을 암천회에게 넘기는 것보다는 낫지."

틀린 말이 아니었다. 특히 중도만공의 경우, 안 그래도 괴물인 암천회주를 무신의 영역으로 올렸다.

"미래에 어떤 영향을 끼칠까?"

삼안신투의 비고.

흉마의 무덤만큼은 아니지만, 그래도 앞으로 있을 미래에 상당한 영향을 끼치는 건 마찬가지였다.

예정보다 이 년 정도 앞서서 일어났고, 거기에 원래 정파가 얻어야 할 보물도 확 줄었다.

원래의 역사에서 이 비고의 보물은 정파의 사치로 쓰이지 않는다. 얼마 뒤에 흉마의 무덤으로 칠검전쟁이 일어나서 군량을 확보하는 등의 군비로 사용된다.

이제 그게 사라졌으니, 크고 작은 전쟁에도 영향이 간다. 정말로 앞을 볼 수 없는 세계가 됐다.

얻는 것이 있다면 잃는 것도 있는 법. 그걸 흔히들 등가교환이라 부른다.

*　　*　　*

눈 깜짝할 사이에 일 년이 지났다.

열두 살에서 열세 살이 됐다.

비고 탐사는 아직도 진행 중이다. 자세하게는 알 수 없었지만 대강 반절 정도는 된 듯했다.

"승계가 없으니 늦춰질 건 알았지만, 설마하니 일 년을 넘어갈 줄은 몰랐어. 예상외야."

원래의 역사에선 탐사를 완료하는 데 걸린 시간은 일 년. 그런데 아직까지도 반이란다.

새삼 제갈승계가 얼마나 대단한지 알 수 있었다.

"은인, 오랜만입니다."

반가운 사람이 방문했다.

"오, 질풍검(疾風劍)."

"부끄럽습니다."

질풍검, 왕일이 쑥스러운 듯 뒤통수를 긁적였다.

"절정 고수의 반열에 들었으니, 부끄러워할 것 없소. 얼마든지 자랑하시오."

주서천이 팔짱을 끼곤 옅게 웃었다.

"이게 다 은인 덕분입니다."

왕일이 극진한 태도를 보였다. 눈에선 끝이 보이지 않은 존경심이 드러났다.

일 년 전. 귀주를 떠나기 전에 비고에서 얻은 무공 비급을 이의채에게 맡겼다. 단쾌검법과 질풍보였다.

단순히 맡긴 것만은 아니다. 자신과 비고 탐사를 함께했던 무사들 중 믿을 만한 자에게 선물하라 했다.

이후, 이의채는 그 말대로 무사들에게 비급을 전달했다. 주서천을 따라갔던 십 인 전부였다.

무분별한 행동은 아니었다. 나름대로 일정한 시간을 두고 지켜봐서 내린 결정이었다.

애초에 그에게 붙여 줬던 무사들은 탐사 사전에 선별해 두었던 이들이다.

실력은 좀 부족할지 몰라도, 믿음은 충분했다. 인성도 나쁘지 않고, 사정도 있어서 배신할 수 없었다.

이의채는 결코 어수룩한 상인이 아니다. 주도면밀한 성격에 이득과 손실 관계에선 더더욱 그렇다.

비유하자면 돌다리를 두들기고 걷는 건 물론이고 그 전에 구조물을 몇 차례 살펴볼 정도로 용의주도했다.

어쨌거나, 왕일을 비롯해 십 인의 무사들은 비급을 전수받게 됐다. 그들이 반응은 두말할 것도 없었다.

그 자리에서 섬서가 있는 방향으로 큰절을 했다.

단쾌검법과 질풍보는 일류 무공. 대문파는 몰라도 그들에게 있어선 목숨보다 값어치 있는 것이었다.

왕일조차도 제대로 된 무공을 배우지 못했다. 그래도 나름 재능이 있어서 일류까지 오를 수 있었다.

다른 무사들이야 두말할 것도 없었다. 운이 좋아 봤자 일류, 그게 아니라면 평생 삼류에서 이류다.

그런 상황에서 일류 무공을 전수받았다. 기쁜 걸 넘어 은인으로 여기면서 진심으로 충성을 맹세했다.

여하튼, 이 일 년 동안 십 인의 무사들은 그동안 못 배운 자의 설움을 보여 주겠다는 듯이 수련에 임했다.

그중 왕일은 원래부터 있던 재능을 발휘해 벽을 넘어 절정의 반열에 오를 수 있었다.

"승이…… 아니, 승계는 어떻소?"

당연하지만 정체도 밝혀졌다. 어차피 나중에 알려지게 될 일이니 상관없었다.

"말 편히 하셔도 됩니다. 은인. 자꾸 이러시면 제가 더

불편합니다. 부디 부탁드리겠습니다."

왕일에게 있어서 주서천이 몇 살인가는 상관없었다. 모든 게 무의미했다.

살아 있는 한 모든 걸 바쳐서 따라야 할 인물이었다. 비급을 전수받은 날 충성을 맹세했다.

"그래."

다행히도 주서천이 자연스럽게 받아들였다. 일흔일곱 살까지 살았던 기억 덕에 거리낌 하나 없었다.

이에 왕일이 기뻐하면서 보고를 올렸다.

"도련님은 여전히 제갈세가에서 공부 중입니다."

금의상단은 정기적으로 선물 한 꾸러미를 들고 화산파를 방문했다.

웬만하면 상단주 본인이 오거나, 여유가 없을 경우 입이 무거운 측근들을 보냈다.

누가 보면 남들처럼 화산파에 어떻게든 연을 만들어 보려는 상단의 노력 같아 보인다. 하지만 아니었다.

당분간 외부로도 나갈 수 없고, 정보의 수집에도 제한이 있는 주서천을 돕기 위해서였다.

그 덕에 별 의심 없이 외부의 정보를 꾸준하게 얻을 수 있었다.

"생각보다 탐사가 진행되지 않아 어쩔 수 없이 승계를

내놓으면 어쩌나 했는데, 괜한 걱정이었어."

제갈세가가 제갈승계의 도움을 생각 안 한 건 아니었다. 하지만 올해 막 열한 살이 된 아이, 그것도 불과 일 년 전에 죽을 뻔했는데 무법 지대인 비고로 넣는 건 세간의 눈치가 보여서 할 수 없었다.

무엇보다 무림 명가인 오대세가가 열한 살 아이에게 모든 걸 맡기고 기댄다는 것 자체가 참을 수 없었다.

"상단주가 저번에도 그렇고, 이번에도 오지 않은 걸 보니 꽤나 바쁜 모양이군. 무슨 일이라도 있나?"

"희소식뿐이니 안심하셔도 됩니다."

옹안에서 자리를 막 잡은 금의상단은 이제 없다.

그 대신 귀주를 주름잡는 중규모의 상단이 있었다.

금의상단은 본래 삼안신투의 금은보화를 얻기 전에도 승승장구하고 있었다. 상단주의 솜씨 덕분이었다.

군량의 보급이 중점이었고 부수적으로 무기 사업도 시작해서 재산을 불려 갔다.

이후, 비고의 재화로 투자를 받아 단숨에 규모를 확장. 동시에 인재들을 데려오면서 사업도 확장했다.

이제는 귀주뿐만 아니라 다른 곳으로도 느리지만 확실하게 영역을 늘려 가고 있었다.

"돈이 많다고 소문이 나면 파리가 꼬이는 법인데…… 무슨 문제는 없었나?"

"주로 하류 잡배들이 뭣 모르고 덤벼들었던 정도입니다. 그 외에는……."

"경쟁 상단."

주서천이 선수 쳤다.

"어떻게 아셨습니까?"

왕일이 놀란 얼굴로 물었다.

"뻔하지."

경쟁자의 성장은 누구든지 달가워하지 않는다.

상인은 특히 그렇다. 자신이 지키고 있는 밥그릇을 빼앗기게 되면, 상단의 수익이 상당 부분 줄어든다.

노점상이라면 모를까, 그럭저럭 규모가 있는 상단의 경우 거래를 놓치게 되면 손실이 결코 작지 않다.

그 돈을 위해서라면 영업 방해는 물론이고 암살자를 보내는 일은 제법 있는 편이었다.

"비고의 일로 고수들은 움직일 수 없으니, 당분간 위험이 될 만한 일은 없을 거야. 그러니 상단을 키우는 데 집중하는 동시, 이후 탐사가 끝낼 때를 대비해 전력(戰力)을 보강하라고 전해."

"알겠습니다."

왕일이 고개를 끄덕이면서도 속으로 감탄을 금치 못했다.

'아직 성년도 되지 않았거늘, 무력뿐만 아니라 지력도 두루 겸비하셨구나. 다시 봐도 대단한 분이시다.'

*　　*　　*

주서천은 수련의 나날을 보냈다. 어차피 나갈 일도 없으니 무공에 집중했다.

수련해야 할 게 많아서 지루하지는 않았다. 반대로 어지러울 정도로 바빴다.

주로 자하신공이나 일월신궁 탓이었다.

"음."

자하신공은 열세 살의 해를 막 넘기기 전에 사성에서 오성에 올랐다. 자하검결은 아직도 일초식이다.

난해함도 난해함이지만, 무공 자체의 연공 속도가 하품이 나올 정도로 느렸다.

비록 보름도 되지 않았을 정도로 짧긴 했으나, 그래도 생전에는 화경에 올랐던 적이 있는 자신인데 설마하니 이렇게까지 지진부진할 줄은 몰랐다.

그래도 자하신공은 일월신궁에 비해서는 형편이 나은 편이었다.

일월신궁은 화산파를 원류로 둔 것도 아니고, 심지어 검이나 권도 아닌 활이었다.

"어차피 자주 쓸 것 같지는 않지만, 그래도 혹시 모르니까 배워 두는 편이 좋겠지."

그다지 심각하게 여기지는 않았다. 조급함이나 답답함 없이 구결만 외우면서 느긋하게 익혀 갔다.

일월신궁은 알고 있고, 중도만공 덕에 익혀 둘 수 있으니 겸사겸사 배우는 것뿐이었다.

하루에 일정한 시간을 내서 욕심 부리지 않고 정해진 만큼 수련했다.

다만 화산파의 제자가 궁술을 수련하면 이상하게 볼 것이 뻔해서 안 보이는 곳에서 수련했다.

"사제!"

일월신궁을 막 끝내고 연화각에 올라오자마자 사형제들이 자신을 찾았다. 장홍과 장서은이었다.

"사형, 사저. 무슨 일이십니까?"

혹시 무슨 일이 있나 싶었지만, 괜한 걱정이었다.

"별일 아니야. 그냥 시간 있으면 비무나 하자고 하려 했지."

장서은이 혀를 살짝 내밀면서 배시시 웃었다.

"그래. 앞으로 볼 날도 얼마 남지 않았잖냐."

장홍이 손이 근질거리는 듯 검집을 쓰다듬었다.

"아아, 그렇군요. 이제 곧 출각(出閣)이셨죠."

장홍과 장서은의 연령은 올해로 열네 살. 내년이면 성년이 되니, 더 이상 연화각에 있을 수 없었다.

"저야 상관없습니다만, 괜찮으시겠습니까? 차라리 저 같은 것보다 연화각의 다른 사형분들에게……."

툭 까놓고 말해서 귀찮았다.

'부탁이니 거절해 주면 좋겠다.'

주서천이 희망을 가졌다.

"겸손은 좋지만, 뭐든지 과하면 좋지 않은 법이야. 우리가 네 실력 모르는 것도 아니잖아?"

장서은이 소매로 입을 가리곤 호호 웃었다.

'찰거머리!'

희망이 절망으로 바뀌었다.

화산으로 돌아온 이후론 종종 사형제들과 어울렸다. 물론 그래 봤자 낙소월, 장홍, 장서은 정도였다.

가끔 이렇게 비무를 한다거나, 검진을 수련하기도 했다. 주서천 입장에선 썩 달갑지 않은 일이었다.

"생각해 보니 아까 사부님이 절 부른 것 같습니다."

"방금 전에 너희 사부님께 다녀온 길이야. 괜찮데."

"쉬펄……."

주서천의 안색이 흙빛으로 변했다.

"그러고 보니 주 사제, 그 쉬펄이라는 건 무슨 말이야?"

"좋다, 기쁘다라는 뜻의 방언(方言)입니다."

몇십 년 뒤, 미래에 쓰게 될 욕이라곤 차마 말할 수 없었다.

주서천도 정확한 뜻은 모른다. 전장을 몇 번 구르다가 주변의 무사들에게 주워들은 욕이었다.

"그래? 이상하게 입에 잘 달라붙네. 나도 사제와 함께할 수 있어서 정말 쉬펄 같아."

장홍이 씩 웃었다.

"그만하십시오."

주서천이 정색했다.

"왜 그래, 사제?"

"사제는 쉬펄스럽지 않아?"

장홍과 장서은이 순진무구하게 웃었다.

"비무, 합시다."

이 날 조금 전력을 냈다.

*　　　*　　　*

중경, 암장.

비고 입구.

거석(巨石) 밑, 계단을 따라 내려오면 나오는 공동.

갖가지 함정이 도사리는 비고로 통하는 입구였다.

끄아아아!

통로에서부터 비명이 들려온다. 하지만 그 누구도 신경 쓰지 않았다. 놀라기는커녕 무덤덤했다.

여기에서는 일상이니까.

"삼안신투, 그놈은 변태가 분명해. 그렇지 않으면 이 많은 기관을 설치했을 리 없어."

"평생 동안 모아 둔 보물인데 그걸 그냥 넘겨주는 게 이상한 거 아닌가? 난 이해하네."

"닥쳐. 욕이라도 하지 않으면 분이 안 풀린다고."

몇몇 무인들이 모여서 투덜거렸다.

"살았다!"

웅성웅성.

환희 가득한 외침에 이목이 단숨에 집중됐다. 사람들은 무슨 일인가 하고 시선을 돌렸다.

"생환자!"

"손에 들린 것들을 봐, 잔뜩 챙겼군."

지옥으로 이어진 통로에서 십수 명이 나왔다. 하나같이 피투성이에 입은 옷은 넝마 조각처럼 엉망이었다. 그 외에도 잔뜩 고생한 티가 눈에 띄었다.

사람들이 그걸 보고 눈을 빛냈다. 눈동자가 탐욕으로 음험하게 빛났다.

"관둬. 저것들에게 달려가는 놈들을 봐라. 딱 봐도 구파일방 아니면 오대세가잖아."

비고에서 보물을 들고 무사히 생환했다고 끝난 게 아니었다. 본 문으로 돌아갈 때까지 안심할 수 없었다.

기관이나 함정이 워낙 험난하여 욕심은 나지만 목숨이 아까워 도전하지 못하는 자들이 있었다. 그래서 그들은 입구 근처에서 서성이다가 생환자들을 확인해 온갖 수단을 동원하여 보물을 훔치거나 강탈했다.

"전에는 사도천, 이번에는 무림맹인가."

"하여간, 있는 놈들이 더해."

중소 문파나 무소속의 무인이 보물을 손에 넣는 경우는 극소수였다. 심지어 이 경우도 삼안신투의 비고에 대한 소문이 막 퍼졌을 때이고, 사람들이 몰려 탐사가 본격적으로 시작된 이후에는 거의 전무했다.

대부분의 보물은 무림맹 아니면 사도천이 손에 넣었다. 규모와 힘을 생각하면 당연했다.

"보물을 들고 생환한 게 얼마 만이지?"

"두 달 조금 안 된 것 같은데…….."

"어쩌면 저게 마지막일지도 모르겠어."

탐사가 시작되고 일 년하고도 반이 지났다. 초기에는 보물이 쉽게 발견됐지만, 이제는 아니다.

일주일, 이 주일로 시작해 점점 간격이 벌어졌다. 전에는 잘 보였던 보물이 이제는 보기 힘들었다.

"솔직히 탐사가 이렇게까지 오래 걸릴 줄은 몰랐네."

"허허, 누가 상상이라도 했겠나."

무림맹과 사도천이 평화 협정까지 맺었다. 정파와 사파뿐만 아니라 온갖 사람들이 모였다.

그 많은 사람들이 동원됐는데도 일 년을 넘기다니. 누구도 예상하지 못했다.

"부럽다, 부러워. 나도 그 돈만 있으면……."

"적어도 비고에 다녀오고 그 소리를 하게나. 대체 몇 번째인가?"

"나 같은 하수에게는 죽으라는 것과 마찬가지일세. 어쩔 수 없이 손가락이나 빨면서 구경할 수밖에."

비고의 탐사도 끝을 보였다.

"무림맹과 사도천, 보물을 보다 많이 확보한 쪽은 어디인가?"

돈은 곧 힘이다. 지닌 돈이 크면 클수록, 전쟁의 판도도 달라지기 마련이었다.

무인들은 금력(金力)을 멸시하고 혐오하나, 그렇다고 현실이 달라지는 건 아니었다.

군자금을 보다 많이 확보한 측이 유리했다.

"부디 어디 한쪽이 우세하지 않았으면……."

"힘의 균형은 유지되어야 하네. 그렇지 않으면 전쟁이 일어날 게 아닌가."

평화를 원하는 자가 있으면, 전쟁을 원하는 자도 있었다.

"아니, 무인이 전쟁을 겁내면 어쩌자는 거요? 순 겁쟁이들뿐이군. 당연히 무림맹이 우세해야 하오."

"그래. 하루라도 빨리 그 비겁하기 짝이 없는 사파를 처리해야 함세."

그리고 반년 뒤.

탐사 시작 이 년째가 되는 날, 무림맹과 사도천은 회의 끝에 각자의 세력권으로 철수하게 된다.

누군가가 예상한 대로 반년 전, 두 달 만에 발견됐던 보물이 마지막이었기 때문이었다.

두 세력이 철수한 뒤로도 미련이 남은 자들이 혹시 몰라 샅샅이 뒤져 봤으나 나오는 건 아무것도 없었다.

第二章
연화검회(蓮花劍會)

주서천, 십사(十四) 세.

장홍과 장서은이 열다섯 살이 되면서 예정대로 출각했다. 두 사람은 아쉬워하면서 내년을 기약했다.

'사형과 사저는 원래의 역사에서 어떻게 됐을까?'

친해진 사람이 생기니 자연스레 걱정도 따랐다.

장홍과 장서은의 미래는 주서천도 잘 모른다. 기억을 몇 번이나 더듬어 봤으나 떠오르는 게 없었다.

이럴 경우 미래는 크게 둘로 나뉜다.

어릴 적에는 영재였으나, 깨달음의 벽에 막혀 절망하고 그저 그런 무인이 될 경우가 일(一)이다.

이(二)는 별 활약하기도 전에 목숨을 잃는 경우다. 후자일 경우면 어쩌나 싶어 걱정이 됐다.

오늘까지의 일로 미래가 상당 부분 바뀌긴 했지만, 그래도 혹시 모른다. 불확실하지만 장홍과 장서은의 죽음에 영향을 끼치지 않았을 경우도 존재한다.

그래서 요 일 년 동안 귀찮긴 하지만, 비무를 하면서 무공에 도움이 되도록 몰래 도와주곤 했다.

지닌 힘이 강해진다면 불확실한 미래도 대비할 수 있다.

"사형과 사저도 당분간 볼일 없을 테니, 일 년 동안은 죽은 듯이 수련만 하고 지낼 수 있겠네."

주서천은 중얼거리면서 주변을 슥 훑었다.

몇 년 전, 스승과 함께했던 수련 장소. 절벽 등반을 하면서 생사의 경계를 넘었다. 아직도 그때만 생각하면 등골이 오싹하고 소름이 다 끼쳤다.

인제 와서는 추억, 이라는 생각도 하고 싶지 않았다. 그런데도 다시 온 건 사람이 드문 곳이라 그렇다.

"후우……."

숨을 크게 들이쉬었다가 내뱉었다. 심호흡을 반복하면서 내공심법을 운용했다.

하단전에서부터 내기가 흘러나오기 시작했다. 일 갑자하고도 칠 년의 양이었다.

내공은 이제 더 이상 기하급수적으로 쌓이지는 않았다. 그래도 남들보다는 두 배는 많이 쌓였다.

열세 살 때 일 갑자 오 년이었으니, 일 년 만에 딱 이 년 늘었다.

'자하신공, 육성.'

자하신공은 오성에서 육성에 올랐다. 여전히 거북이처럼 느리다는 생각이 들었다.

자색으로 빛나지는 않으나, 그래도 화산의 일대신공으로 운영되는 내기가 신체를 돌아 힘을 선사했다.

손에 쥔 검을 세워 자세를 잡고, 내력이 공력으로 전환된다. 농도 짙은 기에 대기가 미세하게 떨렸다.

'제이식, 화우선형(花雨扇形)!'

쐐액!

검을 정면을 향해 쭉 뻗었다. 그 움직임이 번개와 같았다.

그것만으로 끝이 아니었다. 검을 내지른 순간, 부챗살처럼 퍼지면서 수십여 개로 나뉘어져 쏘아졌다.

두 자릿수로 분산된 검들은 유성처럼 긴 궤적을 남기곤 수십 그루의 나무에 꽂혔다.

콰지직!

나무의 정중앙에 구멍이 났다. 또 따른 나무는 옆구리가 터진 것처럼 측면에 반월이 생겼다.

그 외에도 나뭇가지만 툭 떨어지거나, 혹은 자갈이 튀면서 지면에 기다란 검상이 생기기도 했다.

"하아, 하악!"

주서천이 지친 듯이 거칠게 심호흡했다. 그 얼굴은 짜증으로 잔뜩 일그러져 있었다.

"끄응!"

내공의 소모가 극심해서 불만인 게 아니었다. 제이식은 소모되는 내공만큼 큰 파괴력을 지녔다.

짜증이 나는 건 무공 자체의 어려움이었다. 제이식을 수련한 지 제법 됐지만, 제대로 펼친 적이 없었다.

원래라면 자하진기(紫霞眞氣)로 된 꽃잎이 떨어져야 했고, 검로(劍路)도 일정해야 했다.

방금 노린 방향은 정면이었다. 바닥에 검상이 남으면 안 됐다. 방향이 완전히 틀어졌다는 증거다.

"괜히 화산 제일의 천재에게만 허락된 무공이 아니라는 건가. 하마터면 개파조사님을 욕할 뻔했어!"

정파의 기둥, 구파일방을 이끄는 수장(首長)이 되려면 여러 가지가 요구된다. 무공은 그중 기본이었다.

물론, 무공이 기본이라 할지라도 무공만으로 문파를 이끌 수 있는 것은 아니었다.

문파 제일의 고수가 꼭 장문인이나 방장은 아니다.

실제로 현 소림사 방장은 소림의 최고수가 아니었다. 아니, 고수의 반열에 들지도 못하는 수준이었다.

이는 소림사가 무학보다는 불학(佛學)을 중시하기 때문이었다.

불학이나 법력이 첫째이고, 무공은 둘째. 어디까지나 부수적인 것에 한한다.

도가 무학의 대표인 무당파 역시 비슷했다.

그들이 우선하는 건 어디까지나 도(道) 그 자체이지, 무(武)는 아니었다.

그 외의 구파일방도 비슷했다. 정파의 구파들은 대부분이 도가나 불가가 원류이니 당연한 일이었다.

다만, 이 중에서도 예외가 있었다.

바로 개방과 화산파였다.

개방은 그렇다쳐도, 화산파는 정말 예외적이었다.

화산파도 여타 도가 문파처럼 도가 사상을 중시하지 않는 건 아니었다.

세속적인 성향이 있긴 해도, 그건 정말 약간의 수준이었다. 구파에서 보면 딱 중간에서 그 위였다.

화산파의 최정예인 매화검수가 무공만 강해선 될 수 없는 것이 이를 증명한다.

하나 그럼에도 불구하고 화산의 장문인은 전쟁처럼 특수한 상황이 아니라면 항상 최고수가 맡았다.

'자하신공이나 자하검결이 어중간한 재능으로 어찌할 수 없어서 그렇지! 이러다 토 나오겠다!'

자하신공을 습득하려면 일단 천재여야 한다. 그것도 어지간한 재능으로는 불허했다.

그래도 일단 재능만 발견되면, 장문인에게 전폭적인 지원을 받을 수 있었다.

어릴 적부터 전대 천재의 가르침, 영약까지 따르니 화산 제일의 고수가 되는 건 당연한 일이었다.

"도대체 암천회주는 얼마나 괴물인 거지?"

그리고 화산 제일의 고수도 암천회주의 손에 의해서 목숨을 잃었다. 암천회주에 대한 공포심이 치솟았다.

주서천은 심각하게 굳은 얼굴로 생각에 잠겼다가, 머리를 좌우로 흔들면서 불안을 떨쳐 냈다.

"하여간 천재란 것들은!"

그 대신 괜한 사람들을 싸잡아서 욕했다.

"누구는 칠십칠 년을 살아 화경에 겨우 올랐는데도 이렇게 고생하는데, 걔들은 재미까지 느끼면서 무공을 배우잖아? 세상은 정말로 불공평해!"

그래도 욕하니 불안이 좀 가셨다. 답답했던 마음도 뻥 뚫린 듯했다.

"나 같은 범재는 걱정할 시간에 무공 수련이라도 더 해야지. 그러지 않으면 가망이 없어요."

가부좌를 틀고 앉아 운기조식에 들어갔다. 소모된 내공을 조금이라도 회복하기 위해서였다.

"음, 다음은 일월신궁인가."

운기조식이 끝나고 항상 숨겨 둔 자리에서 활과 화살을 꺼내곤, 하늘을 살펴 날씨를 확인했다.

구름 한 점 없는 깨끗한 날씨다. 해가 중천에 떠 따스한 빛을 내뿜어 대지를 뜨겁게 달궜다.

일월신궁은 수련 환경이 특이했다. 일단 낮과 밤이여야 하고, 해와 달이 잘 보여야 했다.

구름이 해와 달을 가려도 수련이 가능했지만, 이상하게도 제대로 된 힘을 내지 못했다.

일월신궁을 알았을 때, 해와 달을 쏘아 떨어뜨릴 만큼 뛰어난 궁술이라 붙여진 이름인 줄 알았다.

그러나 전혀 아니었다. 이름 그대로, 해와 달에서 나오는 자연지기를 이용한 무공이었다.

일월신궁의 일성은 기본적인 궁술이었고, 이성은 화살에 기를 담아 파괴력과 속력을 높일 수 있었다.

삼성은 태양의 양기(陽氣)를 담을 수 있고, 사성에는 달의 음기(陰氣)를 담을 수 있었다.

음양이기(陰陽二氣)를 쏠 수 있는 화살이라니, 과연 신궁(神弓)이라 불릴 만했다.

"흐응."

화살을 건 시위를 뒤로 쭉 잡아당겼다. 호흡에 따라 화살이 천천히 오르락내리락했다.

주서천은 '후우' 하고 숨을 들이쉬었다가 멈췄다. 손에 쥐고 있던 화살도 시간이 정지된 것처럼 멈춘다.

그 상태로 왼쪽 눈을 감아 초점을 맞춘다. 동시에 내기를 끌어 올려 화살에 실었다.

내공으로 신체 능력을 향상시킨 게 아니다. 화살에 기를 실었다.

궁공(弓功)이 아니면 할 수 없는 재주였다.

'일 리(里: 1리=400미터).'

활시위를 쥐고 있던 손을 놓았다.

파앙!

화살이 시위를 떠나면서 공기가 터졌다. '쐐애액' 하고 파공성을 내면서 유성이 됐다.

미세한 흔들림 하나 없이, 소름 끼칠 정도로 깨끗한 일직선을 그려 낸 화살은 정확히 표적에 맞았다.

일 차 표적은 손가락 마디만 한 두께의 나뭇가지였고, 이

차 표적은 나뭇가지에 달린 나뭇잎이었다.

그리고 최후 표적은 그 너머에 있는 아름드리나무였다.

"오! 나뭇잎까지 맞췄어!"

궁술이 은근 어렵다. 특히 화살에 기를 실을 때, 미세한 조절이 요구됐다.

과하면 화살이 터져 버리고, 부족하거나 어중간하면 방향이 꺾이는 등의 일이 벌어진다.

그래도 성공만 하면 그 효능은 상당했다.

일단, 바람의 영향을 일절 받지 않았다. 일월신궁의 특성이었다. 이것만으로도 명중률이 상당히 오른다.

그 외에는 전에도 설명했듯이 파괴력과 속력이 상승한다.

"이대로만 하자."

수련의 나날은 계속됐다.

*   *   *

가만히만 있어도 땀이 나는 날씨다. 자주 물을 찾게 되는 더위였다. 유독 기온이 높았다.

"사형, 사형."

낙소월이 주서천을 불렀다.

"응?"

"뭐해요?"

"숨 쉬어."

"……."

낙소월이 할 말을 잃은 표정을 지었다. 그런데 그 표정조차 예쁘고 귀여워서, 순간 가슴이 두근거렸다.

열세 살이 된 낙소월은 한층 더 예뻐졌다. 날이 갈수록 미색이 빛을 발했다.

'으음!'

속으로 침음이 절로 나왔다. 낙소월을 곁에 두고 보게 되면 가끔 정신을 못 차릴 때가 있다.

"참 나, 그걸 지금 재담(才談)이라고……."

낙소월이 이마를 찡그렸다. 찌푸린 것도 귀여웠다.

"사형, 제 얼굴에 뭐라도 묻었어요?"

시선을 느낀 낙소월이 고개를 갸웃거렸다.

주서천이 아차, 하고 눈을 돌려 얼버무렸다.

'아무것도 아니야.'

"내 심장에 좋지 않은 네 귀여움을 머릿속으로 영구 보존하고 있었어. 관심 없는 척하면서 계속 보려고."

속마음이 튀어나왔다.

'아차!'

아뿔사, 하고 낙소월을 확인했다.

"허억!"

주서천이 제자리에서 털썩 주저앉았다. 그의 손은 가슴을 쥐어뜯고 있었다.

눈앞에 선녀(仙女)가 있었다.

낙소월은 입을 꾹 다물고, 머리를 숙인 채로 가녀린 어깨를 부들부들 떨고 있었다.

순간 화가 난 줄 알았지만, 아니었다. 낙소월은 얼굴을 붉힌 채로 부끄러워하고 있었다.

소맷자락을 쥐락펴락하면서 가만히 있는 게 정말로 귀여웠다.

"어흠!"

어색한 분위기를 떨쳐 내려고 헛기침을 했다.

"그런데 난 왜 찾았어?"

주서천의 배려에 낙소월도 평정을 찾아 답했다.

"연화검회(蓮花劍會)의 소식을 전달하려고 왔어요."

"연화검회?"

주서천이 대놓고 질색한 표정을 지었다.

"설마 올해야?"

낙소월이 고개를 끄덕이는 걸로 대답을 대신했다.

"왜? 그동안 없었잖아."

연화검회는 일종의 비무 대회다. 다만 이름에도 알 수 있다시피 참가자는 단연 연화각원에 한해서다.

"사형이라면 알고 있을 거라고 생각해요."

낙소월이 쓰게 웃었다.

"끙."

안 했던 게 아니라, 못 했다.

그간 무림에 여러 일이 있어서 화산파도 바빴다.

수림구채와 삼안신투의 비고.

오늘에 와서야 정리가 끝나고, 화산파도 제자리를 찾으면서 원래 있던 행사를 할 수 있었다.

"왜 그렇게 싫어하세요?"

"······나도 내년이면 출각하잖아. 그 전까진 마음 편히 지내고 싶어서 그랬어."

틀린 말은 아니다. 그러나 맞는 말도 아니었다.

연화각원이 워낙 소수다 보니 거부권은 없었다. 정말 웬만한 일이 아니고서는 참가해야 했다.

그리고 출전하게 되면 자연히 여기저기서 주목을 받는다. 그 시선들이 싫었다.

보는 눈이 많아질 터이니, 당분간 몰래 빠져나와 수련하는 건 불가능하다. 그게 불만이었다.

'적당히 하다가 퇴장하자.'

　　　　　*　　　　*　　　　*

　　연화검회는 연례행사지만, 그렇다고 무림인들에게 화제
가 될 정도의 축제 정도는 아니다.

　　관계자들을 제외하곤 구경꾼 없이 진행되며, 연화검회
자체도 이틀이면 끝난다. 길어 봤자 나흘이다.

　　하지만 그렇다고 출전자들이 가벼운 마음으로 임하는 건
아니었다. 오히려 그 반대였다.

　　"다신 오지 않는 기회야."

　　애초에 연화검회는 비무 대회라기보다는 일종의 심사에
가깝다.

　　연화검회에 출전해 우수하거나, 혹은 눈에 띄는 성적을
보이면 그에 합당한 보상이 따른다.

　　대단하지는 않지만 그래도 소정의 영약, 명검이나 보검
등이 상으로 내려졌다. 물론 이건 일부에 불과하다.

　　출전자들이 그렇게나 목말라하는 것, 그리고 진정으로
원하는 건 따로 있었다.

　　"우승은 물론이고, 눈에 띄지 말자. 괜히 이목을 끌었다
가 매화검수로 추천이라도 받으면 큰일이니까."

　　연화검회의 감독관은 대대로 화산오장로, 매화검장이 맡

앉는데, 여기에는 이유가 있었다.

차기 매화검수가 될 만한 인재를 이 대회를 통해 차출하기 때문이었다.

주서천 입장에선 이 연화검회가 매우 성가셨다.

우승자만 차기 매화검수로 점찍는 것뿐만 아니라, 그 외에도 만족스러운 자질이 보이면 차출해 갔다.

자신도 한때 화산의 최정예이자 우상인 매화검수를 꿈꾼 적이 있었지만, 이제는 아니었다.

매화검수가 되면 자유가 제한되기 때문이었다.

화산의 최정예인 만큼, 일반제자들이 수행하지 못하는 임무를 해결하기 위해 다양한 곳에 투입된다.

이렇다 보니 화산에서 대기하면서 임무를 기다리거나, 또는 항상 임무 수행으로 나가 있었다.

미래에 일어날 일을 막고, 또 바꾸기 위해 무림 전역을 돌아다녀야 하는 주서천 입장에선 부적합했다.

"적당히만 하자, 적당히."

연화검회가 시작됐다.

중앙에 연무장이 있었고, 그 주변에는 출전자인 연화각 원들이 적당한 곳에 앉거나 서 있었다.

연무장 근처 담장 위에는 아래가 훤히 보이는 자리가 마련되어 있었는데, 앉은 사람들 탓에 그곳은 자연히 상석(上席)이 됐다.

"삼 년 만인가……."

화산파의 장문인, 검선 우일문이 중얼거렸다. 자글자글한 주름 사이에 떠오른 건 반가움이었다.

"호오, 이번에는 꽤나 쟁쟁할 것 같구려."

화산오장로, 지검옹 학송이 출전자들을 슥 훑어보곤 말했다.

"누가 우승할지는 정해져 있지만요."

철혈매검, 심옥련이 확신에 가득 찬 목소리로 말했다. 그 얼굴은 여전히 얼음처럼 차가웠다.

그 눈은 연무장 근처, 사손인 낙소월에게 향해 있었다.

"정말로 그리 생각하오?"

단약사, 영진이 '흐흐' 하고 웃으면서 심옥련의 심기를 건드렸다.

"예."

심옥련이 눈 하나 깜짝하지 않고 즉답했다.

"그건 두고 봐야 알 일이지."

영진이 의미 모를 웃음을 보이면서 시선을 돌렸다.

그 시선 따라서 확인하니 낯익은 소년이 있었다.

'주서천…….'

심옥련이 눈썹을 슬쩍 구부렸다. 무언가 말을 꺼내려다가 속으로 삼켰다.

한때, 운이 좋게 영약을 취하면서 내공만 많아져 내화외빈이라며 조롱받던 소년이었다.

심옥련은 그가 재능이나 노력 없이 운과 요행으로 연화각에 들어간 걸 몹시 탐탁지 않게 여겼다.

하지만 그 인식은 도수창병과 수림구채의 일을 듣고 나선 바꾸게 됐다. 활약상을 듣곤 그녀도 놀랐다.

다만 그 전에 알고 있던 주서천에 대한 좋지 않은 감정이 워낙 강했던지, 인식이 바뀌었어도 그 응어리가 어중간하게 남아 있었다.

"영 장로님 말씀대로요."

장로들 중에서도 유난히 건장한 중년인이 영진의 발언에 동의하면서 나섰다. 명수악 조무양이었다.

조무양은 기대되는 눈으로 연무장을 내려다봤다.

그 시선에 꽂히는 곳에도 소년이 있었다.

"매화검수가 될 생각도 없는 내 사손이 그 기회를 빼앗을지도 모르니, 미리 사과하겠소."

연화각원 중에서 매화검수에 관심이 없는 사람은 두 명이었는데, 주서천과 조무양의 사손이었다.

명수악의 사손, 방철삼이 매화검수에 관심이 없는 건 간단했다. 애초에 검을 들지 않기 때문이었다.

화산파가 무당파와 나란히 검파로 유명하나, 그렇다고 제자들이 모두 검수인 건 아니다.

검법 외에도 잘 쓰이진 않지만 엄연히 장법(掌法)이나 조법(爪法), 수공(手功) 등의 무공도 존재한다.

조무양은 그중 수공을 택하고 인정받아 화산오장로까지 올랐다. 무림에서도 손에 꼽히는 수공의 고수다.

방철삼 역시 조무양의 사손답게 검공 대신 수공을 택했다. 매화검수에 관심이 있을 리 없었다.

"사과할 필요 없답니다. 결국 누가 이길지는 정해져 있으니까요."

심옥련이 확신에 찬 목소리로 단언했다.

"누가 할 소리."

조무양이 여유만만한 태도로 답했다.

"허허허, 열의가 여기까지 느껴지는군."

우일문이 두 장로의 신경전에 너털웃음을 흘렸다.

선의의 경쟁이기에 굳이 뭐라 말하지는 않았다.

'그나저나······.'

우일문이 웃음을 멈추고 주서천을 물끄러미 쳐다봤다. 검선의 시선에 담긴 감정은 의문과 호기심이었다.

'이 친근함은 무엇인고?'

화산의 장문인이란 게 그렇게 한가한 자리는 아니다. 주서천을 본 건 상당히 오랜만이었다.

수림구채와의 싸움에 휘말려 행방불명됐다가 생환했을 때도 보고만 들었을 뿐, 직접 반겨 주진 못했다.

삼안신투의 비고로 워낙 정신없이 보내서 그랬다.

마지막으로 봤던 건 사 년 전, 상궁회의 때 주서천의 연화각 입각 논의 때 잠깐이었다.

확실히 그때도 내공이 범상치 않아 신기해하긴 했지만, 그뿐이다. 그 외엔 별 대단할 것이 없었다.

재능도 재능이고, 정보에 의하면 검법이 형편없다고 해서 그냥 정말로 운이 좋은 거라면서 넘겼다.

그러나 사 년이 지난 오늘날. 다시 봤을 때는 말로는 설명할 수 없는 친근함을 느꼈다.

우일문은 이 친근함의 정체가 무엇인지 궁금했다.

"내 이럴 줄 알았다……."

시선을 받고 있는 장본인, 주서천이 예상했듯이 중얼거렸다.

옆에 있던 낙소월이 무슨 말이냐는 듯 눈짓을 보내오자 손을 흔들어 아무것도 아니라는 듯이 표현했다.

주서천은 상석을 힐끗 쳐다보곤 시선의 주인을 확인한 다음에 한숨을 푹 내쉬었다.

영진과 우일문이었다.

영진의 시선이야 전부터 친분이 있어서 그런 것일 테지만, 우일문의 시선의 이유가 꽤나 성가셨다.

'본능적으로 자하신공에 이끌리셨군.'

요 이 년 동안 자하신공을 수련하면서 몰랐던 기능을 알게 된 게 있었다. 바로 경지의 은폐 능력이다.

자하신공은 원래 특색이 강하다. 자색으로 된 기가 형상화되어 일렁이기에, 누구라도 알아챌 수 있었다.

하나 반대로 이 기가 나오기 전까지는 설사 고수라 할지라도 자하신공을 수련한 건지 알 수 없었다.

그렇기에 유정목이나 영진이 진맥을 짚었는데도 불구하고 여태껏 주서천이 자하신공을 숨길 수 있었던 것이다.

어쨌거나, 최근 알아낸 건 이 특징의 연장선이었다.

숨길 수 있는 건 자하신공뿐만 아니라, 경지도 통용됐다. 덕분에 절정의 경지인 걸 숨길 수 있었다.

다만 수림구채 때 보여 준 것이 있어 이류에서 일류 정도로 조절해 뒀다.

'생각해 보면 정말로 쓸데없지만……'

이 은폐 능력이 영구적인 것도 아니었다. 자색의 특징이 나올 때쯤이면 자연스레 사라진다.

문제는 그 전까지 화산 바깥으로 나가지 않는다는 점이

다. 보통은 스승에게 인정받기 전까지 수련했다.

힘을 숨겨 상대를 반성시켜 뒤통수를 친다, 라는 전법은 괜찮긴 한데 애초에 그럴 일이 없었다.

아마 역대 장문인이나 수련자를 찾아봐도 이런 것으로 이득을 본 자는 전무할 것이라 생각했다.

그래도 천하의 상천십좌의 눈조차 속일 수 있으니, 대단하긴 대단했다. 괜히 화산의 신공이 아니다.

우일문조차도 무의식적으로 주서천의 신체 내부에 잠들어 있는 자하진기가 신경 쓰이는 정도로 끝났다.

'피역(避役:카멜레온) 같군.'

피역은 주로 남만처럼 열대 지방에만 서식하는 생물인데, 기온이나 기분에 따라 몸의 색깔이 변한다.

이러한 변색(變色) 능력은 천적이나 포식자들과 만났을 때 특히나 유용하게 쓰인다.

예를 들어 나무 근처에 있다면 나무와 분간이 어려울 정도로 색깔이 변해 몸을 숨길 수 있었다.

자하신공도 마찬가지였다. 진정한 힘을 이끌어 내기 전까진 약하니 정체를 숨기는 것 같이 보였다.

피역과 다른 게 있다면 자하신공의 수련자 근처에는 먹이 계층의 최고 포식자들이 함께한다는 것이었다.

*   *   *

연화각원은 열 명밖에 되지 않는다. 연화검회의 출전자도 열 명이라는 의미였다.

일일(一日)째는 오(五)회전이다. 이일(二日)에는 수가 맞지 않으니 부전승을 제비뽑기로 정하기로 했다.

와아아!

몇 없는 구경꾼들이 환호했다. 출전자의 스승이나 사형제들 등의 관계자들이었다.

일회전의 출전자는 자신과 나이는 같지만, 일 년 늦게 들어온 소년이었다.

그의 스승이 매화검수 출신은 아니었지만, 그래도 그럭저럭 이름을 날린 삼대제자였다.

하지만 상대편도 만만치 않았다. 아니, 더 대단했다.

"낙소월!"

철혈매검의 사손, 낙소월이었다.

미모면 미모, 무공이면 무공, 재능이면 재능!

거기에 화산오장로가 사조다. 뭐 하나 빼놓은 것 없다. 동갑인 소년의 표정이 별로 좋지 못했다.

주서천이 혀를 차면서 그를 동정했다.

'하필이면 처음부터 낙 사매냐.'

연화검회는 패배해도 실력만 잘 보이면 된다. 하지만 상대가 너무 강하다면 그것도 힘들다.

"잘 부탁드릴게요."

낙소월이 예의 바르게 인사했다.

"양 출전자, 준비!"

감독관, 매화검장 위지결이 자리에서 일어났다.

"시작!"

주의 사항은 없었다. 일부러 알리지 않았다.

욕심에 눈이 멀어 스스로도 제어하지 못하는 자는 볼 것도 없이 탈락이었다. 판단력은 각자의 기량에 맡겼다.

"타앗!"

먼저 몸을 날린 건 소년이었다. 동작이 매끄럽게 이어지면서 화산의 검이 소년의 손에서 펼쳐졌다.

"호."

완전하지는 않지만 십사수매화검법이었다. 저 정도면 박수 쳐 줄 정도로 자질이 있다.

공격도 훌륭했다. 초조한 나머지 섣불리 날린 것도 아니었다. 박수 쳐도 이상하지 않을 정도였다.

하지만 불행하게도 소년의 대전운이 나빴다.

낙소월은 눈 하나 깜짝하지 않고 날아오는 검에 응수했다.

그 움직임은 번개와도 같았으며, 또 괴력이 담겨 있었다. 실제로 검이 부딪치자 소년이 깜짝 놀랐다.

전력을 다한 검이 허무할 정도로 밀리면서 위로 튕겨졌다. 회수하려고 했으나 이미 늦었다.

낙소월의 검이 뛰쳐나가 바람을 가른다. 그 검 끝은 소년의 가냘픈 목 앞에서 멈춰 섰다.

"허어!"

"대단하군!"

승부가 났다. 당연히 낙소월의 완승이었다.

일합(一合)만으로 끝나다니, 대단하긴 대단했다.

무엇보다 상대는 그래도 연화각원, 사대제자 중 기재에 속하는 이가 아닌가. 감탄이 절로 흘러나왔다.

"깔끔할 정도로 정확하고, 또 섬뜩할 정도의 예리한 검. 철혈매검 그대를 참 닮았구려."

학송이 턱을 벅벅 긁으면서 놀라워했다.

"고맙습니다."

심옥련이 당연하다는 어조로 답했다. 사손의 칭찬을 받았으나 무덤덤했다.

"다음!"

일회전이 허무하게 끝났다. 전 출전자들이 서로 인사하곤 퇴장했다.

곧 이회전이 시작됐다.

"오, 이거 주 사형이 아니신가?"

방철삼이 비무대에 올라오면서 진하게 웃었다.

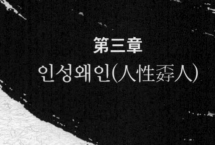

第三章
인성왜인(人性歪人)

"음."

침음이 절로 나왔다. 그 얼굴은 별로 좋지 못했다.

'어쩌지?'

눈에 띄고 싶지 않지만, 그렇다고 무작정 패배할 생각도 없었다. 그래도 일일째는 승리하려 했다.

최하위라는 인식을 심어 주게 되면, 최악의 경우 다음 강호 출도가 늦춰질 수도 있어서 그렇다.

연화각에 입각한 결정적인 이유가 일반 제자들에 비해 강호 출도가 빠르고 자유로워 그런 게 아닌가.

그러기 위해선 화산파가 납득하고 수긍할 만한 무위를

보여야 했다. 너무 약하다는 인식은 곤란하다.

"하하하, 내 사손을 보고 얼음장처럼 굳었군! 하기야, 그
럴 수밖에 없지!"

위에서 조무양의 웃음소리가 들렸다.

"사형, 괜찮다면 내가 몇 수 양보해 줄까?"

방철삼이 비릿하게 웃으면서 물었다.

'인성……'

주서천이 속으로만 생각했다.

아무리 목소리를 줄여도 고수들의 귀는 못 피한다.

"괜찮아. 그런데 내가 말 놓으라고 했던가?"

방철삼은 열두 살이다. 낙소월처럼 어릴 때부터 실력을
인정받아 곧바로 입각했다.

다만 낙소월과는 다르게 성격이 그다지 좋지 않았다.

어릴 적부터 재능도 있었고, 화산오장로의 사손이라서
그런지 주변에서 치켜세우는 자가 많았다.

성깔 있다는 조무양도 방철삼을 아끼는지 쓴소리 한 번
하지 않았다.

이렇다 보니 전형적인 정파의 안하무인으로 자랐다.

"주 사형이 이 년 전에 활약한 건 들었지만, 솔직히 그건
너무 과장된 거라 생각한다고."

방철삼이 주서천의 지적에도 아랑곳하지 않고 반말을 찍

찍 내뱉었다.

"수적 몇 놈이라면 지금의 나라도 얼마든지 처리할 수 있지. 자고로 무인이라면 배 위이건 어디건 간에 제 실력을 발휘해야 하는 법. 그걸 하지 못하는 건 다 나약해서 그런 거야. 헹, 다 패배자들의 변명이라고!"

방철삼이 비웃으면서 콧방귀를 꼈다.

"구풍 사백께 전해 줘도 괜찮겠니?"

천하의 십사검협도 배 위에선 제 실력을 발휘하지 못했다.

"그게 다 사형이 실력이 부족하다는 증거야. 보는 눈이 없군. 애초에 제 실력을 내지 못했다면 천하백대고수에게 어떻게 이겼겠어?"

"허어."

주서천이 무릎을 탁 쳤다.

"그건 몰랐네. 정말 대단한 논리다."

은근 설득력 있었다.

"이거 사제인 나보다 생각이 짧다니!"

방철삼이 허리를 뒤로 젖히며 건방지게 웃어 댔다.

"이러니 낙소월 사저께서 사형을 불쌍하게 여겨 곁에서 돌봐 주는 거잖아!"

방철삼이 웃음을 뚝 그치고 열을 냈다.

"응?"

주서천이 고개를 갸웃거렸다.

"사형은 눈치까지 없는 사람이구나. 그러니 낙 사저께 폐 그만 끼치고 한시라도 빨리 떨어져!"

"……아."

아까부터 방철삼의 적의 어린 시선을 느꼈다. 뭐가 그리 마음에 안 드나 싶었는데 이제는 알 것 같았다.

"그보다 이런 사람이 왜 나보다 유명한 건지 모르겠네."

방철삼이 불만 어린 표정을 지었다. 그 얼굴에 묻어나는 감정은 명백한 질투였다.

"그건 내가 너보다 더 대단해서 그래."

주서천이 표정 하나 바꾸지 않고 답했다.

"헛소리!"

방철삼이 방방 뛰면서 소리를 버럭 질렀다. 주서천이 자신보다 대단하다는 것에 발광하면서 부정했다.

"나는 화산오장로, 명수악의 사손이며 연화각에도 아홉 살에 들어왔다! 그런데 나보다 대단하다고?"

'이거 완전 애새끼네.'

애 맞다.

"흥."

주서천은 생환한 뒤로도 정말 조용하게 지냈다.

교류라고 해 봤자 낙소월이나 지금은 나가고 없는 장홍과 장서은 정도였으니, 무공을 본 사람이 없다.

강호의 소문은 항상 과장된다고 하지 않는가.

그가 잘 보이지 않았고, 시간이 지나자 수림구채의 활약이 점차 묻혀 가면서 실력에 의문도 제기됐다.

특히 그를 아직도 안 좋게 보는 사대제자들이 그런 반응을 보였는데, 방철삼이 그중 대표적이었다.

"그래도 사형이니 내 자비를 베풀어 주지."

방철삼이 주서천을 대놓고 무시했다.

"사제에게 일격(一擊)도 가하지 못하면 부끄러워서 어디 얼굴 들고 다니겠어? 하하하!"

방철삼이 제자리에 서서 도발했다.

"허미……."

주서천이 할 말을 잃었다.

"에잉, 쯔쯔."

영진이 혀를 차면서 머리를 좌우로 흔들었다.

"이보쇼, 조 장로. 예의범절이 좀 어긋난 거 아니오?"

"어허, 아직 어리니 잘 모를 수도 있지. 그리고 나름 사형이 명예를 구기지 않도록 배려하고 있지 않소?"

조무양이 목을 꼿꼿이 세운 채 뻔뻔하게 나왔다.

"어려서 조금 버릇이 없는 것뿐이지, 천성은 착한 아이요. 저 배려 좀 보시오. 너무 감동스럽군."

"기적의 논리야!"

영진이 그 사조에 그 사손이라고 생각했다.

"이렇게 배려했는데도 들은 척도 안 하니 어쩔 수 없지!"

그사이에 방철삼이 자세를 바꾸면서 호전적인 기세를 보였다. 기다려 준 건 정말 찰나의 수준이었다.

애초에 봐줄 생각이 없었던 것 같았다.

방철삼은 낙소월이 있는 자리를 힐끗 쳐다봤다.

'낙 사저 앞에서 온갖 망신을 주마!'

방철삼은 낙소월의 관심을 끄는 주서천이 싫었다.

마침 좋은 기회가 찾아왔다. 주서천이 형편없이 나가떨어지는 걸 보여 줘서 실망시킬 생각이었다.

더불어 자신이 얼마나 멋진지 보여 줄 수도 있었다.

방철삼은 이상적인 미래를 떠올렸다. 낙소월이 쓰러진 주서천을 혐오 어린 눈으로 쳐다보고, 자신에게 달려와 너무 멋지다면서 안기는 모습이 구현됐다.

"흐."

입이 귀밑까지 찢어졌다. 왠지는 모르겠지만 침도 뚝뚝 흘렀다.

"순 미친놈이군."

주서천이 솔직한 감상을 입에 담았다.

"하하!"

방철삼이 주서천의 욕을 듣고도 대인배처럼 웃었다.

"지금부터 눈물 콧물을 전부 짜내 주지!"

방철삼이 호기롭게 외치면서 몸을 날렸다.

'응?'

워낙 기세가 거칠어 바로 공격이 들어오는 줄 알았다. 그런데 예상과는 많이 다른 움직임이었다.

정면에서부터 직선처럼 쭉 뻗어 왔으나, 도중에 부드럽게 꺾이면서 방향을 틀었다.

혹시나 후방이나 측면을 노리나 싶었다. 그런데 그것도 아니었다.

무슨 생각인지는 모르겠으나 공격은 하지 않고 자신의 주변만 빙글빙글 돌았다.

보법은 익숙한 오행매화보다. 살짝만 봐도 수준이 어떤지 알 수 있었다. 대충 팔성(八成) 정도다.

"이럴 수가, 열두 살에 오행매화보가 팔성이라니!"

"조무양 장로님이 괜히 애지중지하는 게 아니군. 좀 재수 없는 놈인 것 같지만 무공은 확실히 대단한데?"

"저 군더더기 하나 없는 움직임을 보게나."

관중석에서 감탄이 흘러나왔다. 하나같이 다들 놀라워하는 기색이었다.

오행매화보는 나름 상승의 보법이다. 평범한 제자들의 경우, 이걸 대성하는 순간 이미 중년이었다.

수련 기간이 그만큼 길다. 난이도도 높은 편이었다.

그래도 그만큼 보법의 용도가 많고, 우수했다. 다들 조금이라도 빨리 대성하려고 노력하는 무공이었다.

벌써 십이성 중 팔성을 이뤘으니 감탄할 만했다.

'내가 오행매화보를 진작에 대성했다는 걸 알면 놀라 자빠지겠군.'

수적들을 상대하면서 잠깐 보여 준 적 있었지만, 그때는 보법을 제대로 살펴볼 상황이 아니었다.

'……아.'

이제야 방철삼이 왜 이러는 건지 이해가 갔다.

'그렇게 자랑하고 싶었나?'

방철삼은 주서천을 자신보다 한참 아래로 보고 있다. 위협이 될 거라곤 눈곱만큼도 생각하지 않았다.

지금 이러는 게 그 증거였다. 우습게 보지 않는다면 이런 보여 주기 용의 화려한 몸놀림을 보일 리 없다.

상대를 이용해서 심사관이나 낙소월 등에게 얼마나 성취를 이뤘는지 자랑하고 있었다.

'정말 어린애긴 어린애구나.'

주서천이 속으로 어이없이 웃었다.

'내 보법에 완전히 압도됐구나!'

방철삼이 가만히 있는 주서천을 보고 의기양양하게 웃었다.

보법을 전력으로 펼치고 있는 도중만 아니었다면 진작 비웃었다. 그러지 못한 게 아쉬웠다.

'저기에는 압도될 수밖에 없지.'

'낙소월 정도가 아니라면 상대할 수 없을 거야.'

'몇십 년 뒤, 명수악 장로님의 뒤를 이어 화산오장로가 되겠군. 제자들에게 잘 지내라고 말해 둬야겠어.'

이 자리에 있는 사람들의 생각도 비슷했다. 다들 하나같이 주서천이 압도된 것이라고 생각했다.

결코 우습게 봐서 그런 게 아니다. 방철삼이 보여 준 건 그만큼 대단한 것이었다.

'음, 너무 힘을 줬잖아.'

주서천이 방철삼을 보고 걱정했다.

'이렇게까지 나오는데 쉽게 이길 수는 없으니까. 적당히 나도 백 합 정도 교환하고 이겨야 하나?'

이 말을 들었다면 좌중의 모두가 어이없어했을 것이다.

주서천은 검을 잡아 늘어뜨린 채로 고민에 빠졌다.

한편, 방철삼도 고민에 잠겨 있었다.

'어떤 초식으로 끝내야 멋있을까?'

어차피 오늘 비무는 이걸로 끝이다. 다음은 내일이니 소진된 내공이야 운기조식으로 회복하면 된다.

'난화수(亂花手)? 매화산수(梅花散手)?'

검법으로 치자면 난화수는 매화검이고, 매화산수는 육합검이나 낙영검법과 매화영롱검 사이 정도였다.

난화수는 정말로 기초적인 것이니 바로 제외다. 멋이 나지 않는다.

자연스레 매화산수를 펼칠까 싶었는데, 미련이 남았다. 스쳐 지나간 산화무영수(散花無影手) 탓이었다.

방철삼이 산화무영수를 수련한 지는 얼마 되지 않았다. 애초에 아직 매화산수도 대성하지 못했다.

그래서 산화무영수를 배우는 데 억지가 필요했다. 방철삼은 조무양에게 졸라서 조금 일찍 배웠다.

그렇다고 조무양이 생각 없이 산화무영수를 가르쳐 준건 아니다. 매화산수를 거의 대성해서 허가했다.

'좋아, 산화무영수로 하자!'

상대가 전혀 위험이 되지 않다고 생각되니 내릴 수 있는 결정이었다.

만약 조금이라도 힘이든 상대였다면, 익숙하지 않은 산화무영수는 쓰지 않는다.

자칫 잘못했다간 역으로 당할 수 있었다.

파앗!

결정을 내리자 행동으로 보이는 건 빨랐다. 드디어 보여주기 식의 보법을 멈추고 공격에 나섰다.

방철삼이 주서천과 거리를 순식간에 좁혔다.

떨어지는 꽃같이, 무척이나 부드러웠다. 또한 그림자조차 보이지 않을 정도로 빠르기도 했다.

"그렇지!"

구경하고 있던 조무양이 자리에서 벌떡 일어났다.

그조차 환호할 정도로 완벽한 초식이었다. 전환과 연결이 무척이나 부드럽고, 또 위협적이었다.

"산화무영수!"

여기저기서 탄성이 터졌다.

화산의 수공 중에서 저렇게 부드럽고 재빠른 특징은 산화무영수뿐이다. 다들 한눈에 알아봤다.

'끝이다!'

손이 세워진 채로 가슴팍을 노린다. 바람을 둘로 가르면서 날아갔다. 부드러운 움직임이었다.

방철삼도, 관전자도 산화무영수의 초식이 정확하게 들어갈 것이라 믿어 의심치 않았다.

하지만.

"헉, 깜짝이야!"

주서천도 산화무영수가 나오자 놀랐다. 그도 알고는 있었지만, 이렇게 직접 상대하는 건 처음이었다.

전생에서 같은 사대제자들과 비무했을 때는 다들 평범하게 검법을 써서 그랬다.

경험이 적으니 놀라는 건 당연하다. 그렇다 보니 반사적으로 힘이 좀 들어갔다.

주서천은 산화무영수를 막으려고 검을 들었다. 그 와중에 방철삼이 다치지 않도록 검면으로 막아 냈다.

우드득!

"어?"

방철삼이 당황했다. 지금 일어난 일을 전혀 이해할 수 없었다.

공력을 전부 담은 손이 부러졌다. 네 손가락이 이상한 방향으로 꺾였다.

그리고 제정신을 차리면서 경악하려는 순간. 머리 위로 납작한 검의 몸체가 내려오는 게 보였다.

"꾸엑!"

'퍼억' 하고 무언가 맞는 소리와 함께 방철삼이 개구리처럼 지면에 딱 달라붙으면서 처박혔다.

"……."

좌중이 침묵했다.

'이럴 수가…….'

주서천이 한탄했다.

'내가 너무 강하다.'

*   *   *

태양이 동산 너머로 뉘엿뉘엿 넘어가는 게 보인다.

"철사아아암아아아아!"

조무양의 절규가 화산파 구석구석까지 퍼졌다.

"조 장로, 입 좀 다무시오. 귀청 떨어지겠소."

영진이 인상을 찡그리며 짜증을 냈다.

그 앞에는 정신을 잃은 방철삼이 게거품을 문 채 누워 있었다.

연화검회의 일일째가 종료됐다.

다섯 명이 패배했고, 다섯 명이 승리했다.

패자 중 정신을 잃은 건 방철삼뿐이었다.

"크게 다치지도 않았소. 그냥 기절한 것뿐이오. 푹 자고 일어날 거요."

영진은 별호에 알맞게 영약사다. 하지만 약이라 하면 자연히 의술과 연결되지 않는가. 제대로 된 의원만큼은 아니지만 그럭저럭 진료를 볼 수 있긴 했다.

'주서천, 그 녀석. 어째 매일매일 폭풍을 몰고 다니는구나. 흐흐.'

영진이 재미있다는 듯이 속으로 웃었다. 겉으로 내면 눈이 돌아간 조무양이 가만있지 않을 것 같았다.

"그놈, 무슨 사술을 쓴 게 분명하오! 그렇지 않으면 철삼이가 이렇게 쉽게 당할 수 없소이다!"

조무양이 잔뜩 화를 냈다.

"허이구."

영진이 어이없는 표정을 지었다. 그가 무어라 말하려고 했으나, 그 전에 학송이 나섰다.

"별 시답지도 않은 소리 하지 마시오. 저 아이가 상천십좌인 검선과, 화산오장로의 눈을 속였단 거요?"

"으윽……."

"조 장로, 사손을 예뻐하는 건 알겠소. 그러나 때로는 그 사랑이 과해, 망칠 수 있다는 걸 명심하시오. 자기 자신이 최대의 적이라는 걸 알려 줘야 하오."

비무의 승패는 주서천이 강하다기보다는 방철삼의 자만 가득한 행동이 큰 걸로 보였다.

일부러 오행매화보로 주변을 빙글빙글 돌다가, 불완전하고 동작이 큰 산화무영수를 펼쳤다.

"아니, 아무리 그래도 그렇지 어떻게 단 일격에……."

조무양이 미련이 남은 얼굴로 항의했다.

끝까지 마음에 들지 않는 건 방철삼이 허무하게 패배했단 것이다. 그렇게 어이없게, 또 부끄럽게 당했다는 건 무척이나 자존심이 상하는 일이었다.

"그 아이의 내공이 얼마나 많은지는 조 장로도 알고 있지 않소? 게다가 움직임이 너무 크지 않았나."

"끄응."

조무양은 아직 할 말이 더 많은 표정이었으나, 끝내 말을 곱씹으면서 입을 다물었다.

"방철삼, 그 아이가 패배한 건 누가 봐도 방심과 자만이라는 걸 알고 있을 거요. 후에 그걸 잘 가르치지 않는다면, 아이를 망치게 될 것이니 올바른 처신을 부탁하리다."

학송이 따끔하게 충고했다.

우일문은 뒷짐을 쥐고 걸었다.

'아직 좀 더 지켜봐야 할 아이로구나.'

연화검회에서 눈에 들어온 사대제자는 셋 정도다.

낙소월은 두말할 것도 없었고, 방철삼은 미성숙해 철이 조금 없을 뿐이었다. 마지막은 주서천이었다.

툭 까놓고 말해서 특별히 뛰어나서 신경 쓰이는 건 아니다. 그저 정체 모를 친근함의 탓이었다.

오늘 비무에서 일격에 쓰러뜨린 건 놀라긴 했지만, 그건 방철삼의 화려하기만 한 행동 탓이 컸다.

그렇기에 내일 비무 결과를 보고 싶었다. 정말로 별 이유가 있는 건 아니다. 순수한 호기심 정도다.

그리고 이틀날. 이 호기심은 정말로 단순한 호기심 정도로 끝나게 된다.

"졌습니다."

그 장본인의 패배 선언에 의해서.

*　　　*　　　*

이틀날, 대진표가 나왔다. 주서천이 바랐던 대로 부전승은 아니었다. 또한, 비무 상대도 최적이었다.

"이건 또 그립네요."

낙소월이었다.

몇 년 전, 입각 심사 때도 이렇게 마주 본 적이 있었다.

"졌습니다."

주서천이 일말의 망설임도 없이 항복했다.

"……네?"

낙소월이 부드럽게 웃다 말고 당혹한 모습을 보였다. 그녀뿐만이 아니라 주변의 반응도 마찬가지였다.

"설명해라."

심사관, 위지결이 물었다.

"어제, 방철삼 사제의 공격에 대응하려고 몸 곳곳의 내공 상당 부분을 사용했고, 갑자기 끌어내느라 내상도 좀 입었습니다. 그게 다 회복되지 않아서, 낙 사매와 싸워도 얼마 가지 않아 몸에 무리가 갈 겁니다."

"알겠다."

위지결이 과연, 하고 고개를 끄덕였다.

"과연, 그렇게 된 건가."

"그 방철삼의 공격을 막아 내려면, 보통 실력으론 불가능하지 않은가."

"그 움직임이 뻔하긴 했지만, 그래도 몸이 따라 주는 것은 별개지. 그걸 막거나 피해서 반격하려면 그냥으론 끝나지 않는다."

"무엇보다 지금 상대가 그 낙소월이 아닌가? 저런 불완전한 상태로는 상대할 수 없지."

"큿, 하지만 마음에는 들지 않네. 판단이 나쁜 건 아니었지만, 대장부라 하면 질 것을 각오하고 싸워야 하지 않는가."

"그래. 매화검수를 뽑는 이 연화검회에는 맞지 않지."

"수림구채 때의 일로 다시 보긴 했지만, 무공은 그럭저럭 쓸 만해도 용기는 영 부족한 것 같네."

관중석에서 수군거리는 소리가 들렸다.

이렇게, 허무할 정도로 둘째 날의 일회전이 끝났다.

낙소월은 주서천에게 뭐라 말하고 싶은 얼굴이었으나, 다음 비무 예정 탓에 그럴 수도 없었다.

주서천은 그대로 탈락. 연화검회는 계속됐다.

우승자는 낙소월. 마지막에 격렬한 비무 끝에 승리한다.

"아이고, 저 멍청한 놈! 전부터 내공 자랑하더니만 내 저럴 줄 알았다!"

내심 주서천의 활약을 기대했던 영진이 신경질적으로 머리를 쥐어뜯으면서 한탄했다.

"고생했다."

주서천이 탈락하고 관중석으로 이동할 때, 유정목이 언제나처럼 부드럽게 웃어 주면서 반겨 줬다.

"죄송합니다, 사부님."

주서천이 송구스럽다는 얼굴로 유정목에게 사과했다.

"네가 잘못한 것이 뭐가 있다고 사과하느냐?"

"그야 물론 사부님의 제자임에도 불구하고 연화검회에 나갔는데……."

"됐다. 네가 어떤 생각인지 알고 있으니까."

유정목이 무릎을 굽혀 주서천과 눈높이를 맞췄다.

"어제의 그 아이가 대단하긴 했지만, 너에게 내공을 급작스럽게 끌어 올려 내상을 입을 정도는 아니었다고 생각한다. 네 몸 상태는 정상이었을 거야."

스승은 제자의 뻔뻔한 거짓말을 눈치챘다.

여기까지는 평범했다.

"내가 알고 있는 너라면, 낙소월 그 아이와 충분히 대등한 승부를 했을 게다. 다만, 누가 이기건 내공의 소모가 심하니 다음의 비무에서 해가 되었을 게다."

유정목이 이상한 오해를 했다.

"예?"

주서천이 그건 뭔 소리냐는 표정을 지었다.

하나 유정목이 어림없다는 얼굴로 말을 이었다.

"네가 매화검수에 관심이 없다는 걸 전부터 알고 있었으니, 더 이상 내 신경을 써 줄 필요는 없다."

한때 매화검수를 꿈꿨다. 아직도 미련이 남아 제자에게 가능성을 보고 매화검수로 키우려 했다.

하지만 제자와 함께 지내면서 그가 매화검수에 관심이 없어 보이는 걸 어느새인가 눈치채게 됐다.

욕심이 없다고는 할 수 없었다. 제자가 스승을 뛰어넘어, 좀 더 자랑스러워졌으면 했다.

하지만 그러고 싶지는 않았다. 스승의, 자신의 목표였던 것과 꿈을 강요하고 싶지는 않았다.

유정목은 주서천이 스스로 고민하고, 선택한 길을 걷기를 원했다.

"갑자기 그 이야기는 왜……?"

"모른 척할 필요 없단다. 매화검수에 관심이 없으니 연화검회에 굳이 열심히할 필요는 없겠지. 그래서 낙소월 그 아이에게 기회를 양보한 게 아니냐?"

아니다.

"아닌데요."

생각지도 못한 황당한 추측에 자기도 모르게 반사적으로 답해 버렸다.

"괜찮다. 그렇게 거짓말할 것 없단다. 체면을 신경 쓰지 않고, 사매를 배려해 주는 모습이 보기 좋구나."

유정목이 주서천을 끌어안으며 등을 토닥였다.

"지, 진짜 아닌데요."

주서천이 말까지 더듬었다.

확실히 매화검수에 관심이 없긴 하다. 아니, 관심이 없는 걸 넘어서 결코 들어가고 싶지 않았다.

그뿐이다. 그런 배려 같은 거 하지 않았다.

애초에 낙소월과 대등하긴커녕, 실력 차가 심했다.

괜히 또 방철삼 때처럼 실수할 것 같아 항복했다.

"부끄러워할 필요 없단다. 넌 정말로 내 자랑스러운 제자다."

유정목이 눈시울을 붉히면서 자랑스러워했다.

"……."

주서천이 뭐라 말하려다가 입을 다물었다.

여러모로 이상한 오해를 사긴 했지만, 그래도 별 의심 없이 넘어가지 않았는가. 그냥 받아들였다.

왠지 스승에게 거짓말을 하는 것 같아서 마음이 영 편하지는 못했지만 말이다.

*　　　*　　　*

"기분, 탓이었나……."

우일문이 뒷짐을 쥔 채 중얼거렸다. 그 얼굴에는 약간의 실망스러운 기색이 묻어났다.

여태껏 살아오면 무재들은 많이 봤으나 별 이유 없이 친근감이 드는 아이는 처음이었다.

그래서 무언가 있을까 하고 조금 기대했지만, 단순한 기분 탓이었다. 조금 뛰어난 아이였다는 정도다.

이렇게 주서천이 나름 계획했던 대로 우일문의 호기심을 깨우지 않고 잠재울 수 있었다.

다만, 이번 일로 스승의 일처럼 이상한 오해를 사기도 했다.

"여전히 겸손하구나."

구풍이 찾아와 옅게 웃으며 머리를 쓰다듬어 주었다.

"……예?"

무심코 '이건 또 뭐지.' 라고 중얼거릴 뻔했다.

"장홍과 장서은, 그 아이들과 함께했을 때도 그러지 않았느냐."

그런 적 없다.

"사형과 사저보다 무공이 뛰어났음에도 자랑하기는커녕 스스로를 낮추는 모습을 보였지."

아니다.

"아, 예……."

저 다 알고 있다는 눈을 보니 할 말이 없어졌다. 무언가 이상한 오해를 샀지만 그냥 포기하기로 했다.

"훗날, 네가 다시 강호에 나갈 때를 기대하마."

구풍이 이상한 착각에 빠진 채 다녀갔다.

"똥 싸고 뒤 안 닦은 기분이네……."

정말 찝찝했다. 나쁘거나 한 건 아닌데, 정말 의도하지도 못한 인식을 남기게 돼서 기분이 이상하다.

게다가 구풍이 마지막이 아니었다.

"장로님을 뵙습니다!"

화산오장로가 찾아왔다. 평소에도 자주 대화했던 영진이 아니라 놀랍게도 심옥련이었다.

"……."

심옥련은 주서천을 말없이 내려다봤다.

'뭐야?'

표정에 어떠한 감정도 떠오르지 않았다. 속내를 알아보려고 해도 도통 짐작이 가지 않는다.

전생의 경험이나 기억을 총동원했는데도 영 알 수가 없다. 그만큼 차가운 사람이다.

"주서천."

목소리에는 어떠한 감정도 느껴지지 않았다.

"……빚은 잊지 않으마."

심옥련이 주서천을 한참 내려다보다가, 몸을 돌렸다.

"고맙구나."

그 말을 끝으로 심옥련이 떠나갔다. 주서천은 그 뒷모습을 바라보다가, 뒤늦게 이해하곤 어이없어했다.

"설마 지금 사손을 배려해 줘서 고맙다고 인사한 거야? 허, 진짜 별 이상한 오해를 다 받네."

뭔가 낙소월을 위해서 희생한 입장이 됐다. 딱히 그런 건 아닌데, 다들 그렇게 착각해 버렸다.

"뭐, 나쁜 기분은 아니네."

여전히 찜찜하지만, 피식하고 웃게 됐다.

그 철혈매검에게 고맙다, 라고 듣게 됐다. 그것만으로도 충분하다.

"사형!"

만족하면서 발걸음을 옮기려고 했다. 저 멀리서 누군가가 찾아오는 게 보였다.

"전에는 대체 어째서……."

낙소월이었다.

"또?"

주서천이 한숨을 내쉬었다.

第四章
강호출도(江湖出道)

해가 동산 너머로 뉘엿뉘엿 넘어가는 게 보인다.

반 시진 전만 해도 눈 부셨던 창공이 붉게 물들었다.

피를 머금은 듯한 불길한 색은 아니다. 가만히 올려다보면 감탄을 절로 흘릴 아름다운 색이었다.

휘이잉.

선선한 바람이 불어와 머리카락을 부드럽게 쓰다듬고 지나갔다. 따스한 기온에 딱 알맞은 바람이다.

"석양이……."

언덕 위, 곧게 뻗은 가지들을 자랑하는 매화나무 아래에 청년이 앉아 있다.

"……진다."

등허리까지 내려오는 머리카락은 뒤로 올려 묶어 말의 꼬리를 연상시켰다.

뚜렷한 이목구비에 날렵한 턱 선, 시원시원한 눈썹. 미남 정도는 아니나 용모는 그럭저럭 나쁘지는 않다.

주서천, 십팔(十八) 세.

시간은 번개같이 흘렀다. 연화검회가 끝나고 사 년, 성년이 된 동시 연화각을 졸업하고 삼 년이 지났다.

요 사 년 동안 여러모로 성장했는데, 가장 눈에 띄는 건 역시 신체의 변화다.

신장은 약 육 척(尺) 정도로 컸고, 여리기만 했던 근육도 이제 단단해졌다. 중간에 어린 몸을 무리시키지 않으려고 근육 운동에도 주의하면서 수련해서 그런지, 미형적으로도 보기 좋게 자랐다.

옷을 입으면 조금 왜소해 보이나, 탈의하면 누구나 부러워할 정도로 완벽한 근육의 조형미와 균형이다.

또한 신체 외에도 무공도 빼놓을 수 없었다.

연화각에서 나온 이후로도 장홍과 장서은, 낙소월 정도를 빼곤 남들과 교류하지 않고 수련에 집중했다.

그리고 그중 장홍과 장서은조차도 각각 이 년 전, 일 년 전에 강호에 출도해서 지금은 화산에 없었다.

어쨌거나, 요 사 년 동안 무공에만 집중해 일취월장한 성취를 보였다.

'자하신공, 팔성.'

육성에서 팔성까지 사 년이 걸렸다. 언뜻 보면 오래 걸린 것 같지만 전혀 아니었다. 유례없는 속도다.

화산 역사상 겨우 열여덟 나이에 자하신공을 팔성까지 연공한 사람은 단 한 명도 없었다.

무엇보다 자하신공의 진정한 힘을 낼 수 있는 십성까지 이성(二成)밖에 안 남았다는 게 기뻤다.

자하검결도 제이식은 완숙하고, 제삼식도 얼마 남지 않았다. 순탄한 성과였다.

그 외에도 이십사수매화검법을 대성했고, 일월신궁은 사성에 올랐다. 일월신궁은 일성만 높이면 끝이다.

더불어 경공인 암향표도 대성했다. 내공만 지속적으로 소진하면 높일 수 있으니 어려움은 없었다.

그 외에도 미래에 대한 일도 빠뜨리지 않았다.

간간이 화산에 방문하는 금의상단의 사람에게 정보와 서신을 주고받는 걸로 대충이나마 해결했다.

이의채는 생각 이상으로 유능한 상인이었다. 단편적인 정보로도 주서천이 원하는 바를 이루어 주었다.

무엇보다 좋은 건 별다른 의문을 품지 않는다는 점이다.

이의채는 삼안신투의 비고의 보물을 투자받은 것만으로 군말 없이 않고 따라 줬다.

단순하면 단순한 인물인데, 그렇다고 바보나 머저리는 아니다. 지금 생각해도 특이한 인물이다.

제갈승계와도 종종 전서구로 연락을 주고받고 있다. 여전히 세가에선 배척받는 입장이라고 한다.

삼안신투의 비고 이후로는 여전히 기관지술은 써먹을 곳이 없다. 당연하다면 당연한 취급이었다.

'열심히 공부하고 있어라. 나중에 데려가마.'

그 천재가 얼마나 성장했을지 기대됐다. 후일을 기약하면서 미래의 일을 떠올렸다.

'요 사 년 동안, 다행히도 역사의 개변은 일어나지 않았다.'

화산에 돌아왔을 무렵, 바뀐 미래가 신경 쓰였다.

삼안신투의 비고가 역사보다 빨리 발견된 것과, 수림구채 등의 일로 인해 역사의 개변을 걱정했다.

나름대로 미래를 준비하곤 있지만, 확실한 건 아니니 불안할 수밖에 없었다.

그중 하나는 단연 흉마의 무덤이다.

흉마의 비급을 손에 넣기 위해 시작된 이 전쟁은 일 년 동안 지속되다가 결국 전 무림까지 퍼진다.

칠검전쟁. 일곱여 개의 세력이 주역이 된 이 전쟁을 시작으로 강호 무림은 전란에 휩싸인다.

'곤륜파(崑崙派), 태산파(泰山派), 숭산파(崇山派), 항산파(恒山派), 남궁세가(南宮世家), 마교, 사도천.'

시기는 올해 여름. 앞으로 반년 남았다.

'너희들의 생각대로는 되지 않을 것이다.'

칠검전쟁은 막지 못한다. 그만큼 암천회가 이번 일에 들인 노력과 시간이 보통이 아니었다.

아무리 미래를 알고 있어도 한계가 있다. 막을 수 있는 것과, 없는 게 있다. 칠검전쟁은 후자다.

하지만 그래도 피해를 최소화하고, 암천회의 계획 몇 가지를 무너뜨릴 수는 있었다.

"사형!"

"응?"

생각에 잠겨 있을 때, 누군가가 부르는 목소리에 상념에서 깼다. 고개를 뒤로 돌려서 확인했다.

"으음!"

선녀가 있었다.

온갖 미사여구를 붙여도 부족하다. 그곳에는 넋을 잃을 정도의 미모를 가진 여인이 걸어오고 있었다.

밤하늘을 닮은 머리카락은 비단처럼 찰랑거리고, 오밀조

밀한 이목구비에 백옥처럼 흰 피부가 보인다.

소녀에서 막 벗어난 숙녀, 당찬 여장부의 기색이 묻어나는 그 여인은 과거의 기억을 떠오르게 했다.

"매화검봉……."

단 한 번. 전생에서도 매화검봉을 봤던 건 단 한 번이다. 그것도 전장에서라 제대로 본 적이 없었다.

그럼에도 불구하고 그 기억은 강렬하게 남아 있었다.

매화검수들을 비롯한 여러 영웅들 사이에 섞여 검초를 펼치던 그 모습은 강하고, 아름다웠다.

잊고 싶어도 잊을 수 없는 기억이다.

"사형, 왜 그러세요?"

낙소월이 다가와선 의아한 듯 고개를 갸웃거렸다.

남들에 비해서 성장이 빠르긴 해도 아직 기억 속의 모습을 보려면 아직 더 남았다.

기억에 있는 낙소월은 이십 대 중반 정도고, 지금의 낙소월은 열일곱 살밖에 되지 않았다.

그래도 기억 속의 모습이 어렴풋이 보인다.

"으음, 아니야."

천하제일 미녀로 거론되기는 아직 이르지만, 그래도 화산 제일 미녀에 이름을 올릴 정도는 된다.

"네가 너무 예쁜 나머지 넋을 잃고 쳐다봤을 뿐이란다.

별거 아니니까 신경 쓰지 말도록 하렴.”

생각이 입 바깥으로 튀어나왔다.

“부끄럽지도 않으세요?”

낙소월이 어이없다는 듯이 물어봤다. 다만 그 뺨은 붉게 상기되어 있었다.

“으윽, 아무렇지 않은 척하면서도 부끄러워하는 모습조차 귀여워서 죽겠구나. 날 죽일 셈인가.”

주서천이 가슴을 부여잡으면서 괴로워했다. 어설픈 연기 따위가 아니었다. 진짜다.

“정말이지⋯⋯.”

낙소월이 못 말리겠다는 듯이 툴툴거렸다.

“그런데 무슨 일이야?”

“사숙께서 불러요.”

“사부님이?”

*　　*　　*

주서천은 낙소월과 거처로 향했다. 화산 제일의 미녀와 걷다 보니 이목이 집중됐다.

남자 제자들이 부러움과 질투 어린 눈길로 노려봤다. 시선이 따갑지만 이것도 이제 익숙하다.

낙소월과는 거처 인근까지만 함께하고 헤어졌다.

"오, 왔느냐."

문을 열고 들어가자 유정목이 주서천을 반겨 줬다.

"네, 사부님. 부르셨습니까?"

주서천이 공손한 태도로 인사했다. 청년이 됐어도 스승에 대한 존경심과 극진한 태도는 여전하다.

"너도 벌써 열여덟 살이로구나……."

유정목이 감회가 새롭다는 듯 제자를 쳐다보면서 만족스럽게 웃었다.

세월이 흘렀다. 유정목도 어느덧 지천명(知天命:50세)의 나이지만, 외관상 크게 변한 건 없었다.

그리고 회귀한 지도 벌써 십 년째의 해이다.

"너에게 말해 줄 게 있단다."

"불초 제자, 경청하도록 하겠습니다."

주서천이 유정목의 분위기를 슬쩍 살폈다. 표정을 보아하니 나쁜 일은 아닌 듯했다.

"어제 상궁회의에서 너에 대한 이야기가 있었다."

눈이 절로 커졌다. 유정목이 무슨 말을 할지 예상이 갔다.

"수선행(修仙行)에 대해서다."

'드디어!'

거창한 건 아니고, 약관의 나이가 되면 강호에 나가 협행을 하고 도를 닦는 수행을 칭하는 말이다.

기한은 약 오 년. 이후 본산으로 복귀하면 그제야 한 사람 몫으로 인정받는다.

보통은 약관이 넘어서야 나갈 수 있지만, 연화각 출신은 남들보다 무공이 강해 시기가 좀 더 빨랐다.

그 기준이 열여덟 살이고, 장홍과 장서은도 나이에 알맞게 강호로 출도했다.

이 강호행이야말로 진정한 자유라 할 수 있었다.

"솔직히, 널 혼자 보내야 할지 말아야 할지 고민했다만……."

유정목이 침음을 흘리면서 수염을 쓰다듬었다.

'안 돼!'

비명이 절로 나오려는 걸 가까스로 참았다.

원래라면 이 수선행에는 보호자가 붙는다. 일반적인 제자들의 경우, 강호 초출이니 당연했다.

그러나 연화각 출신들은 다르다. 그들은 일찍이 성년이 되기 전 강호에 나간 적이 있기 때문이었다.

그래서 연화각 출신의 우수한 제자들은 상궁회의를 통해 수선행의 동행 여부를 정한다.

원래라면 애써 키운 제자들을 희생시키고 싶지 않아 전자겠지만 일각에선 너무 과보호가 아니냐면서 후자의 경우도 괜찮다는 말이 있었다.

무엇보다 보호자가 붙지 않는다 할지라도, 강호에 나가 따로 동문의 제자들을 만나면 그만이었다.

실제로 연화각 출신의 사대제자들은 대부분 강호에 혼자 나와도 얼마 지나지 않아 동문의 제자들을 찾았다. 안전성 탓이기도 하지만, 외로움이 크기도 했다.

평생을 화산에서 지냈고, 강호 초출 때는 너무 어려 거의 보호만 받는 강호행이지 않았는가.

이런 저러한 인연을 맺었다 할지라도 동문의 제자들에 비해선 소속감이나 친근감의 차이가 크다.

'제발!'

누가 동행 하냐에 따라서 앞으로의 계획이 결정된다. 보호자라도 붙는다면 여간 성가신 게 아니다.

몰래 도망쳤다간 화산으로 보고가 올라가 귀찮아질 것이니, 따로 떼어 놓는 방법을 생각해야 했다.

"장로님들이 괜한 걱정이라고 하시더구나."

유정목이 부드럽게 웃었다.

'휴우!'

주서천이 안도의 한숨을 내쉬었다.

수선행은 그도 내심 걱정했었다. 강호 초출 때 수림구채 일로 행방불명이 된 전적이 있어서 그렇다.

그래서 혹여나 과보호라도 하면 어쩔까 싶었는데, 연화 검회 이후 적당한 무위를 보여 준 덕에 피했다.

"특히나 심옥련 장로님께서 제일 먼저 괜찮다고 하셨을 때는 나도 정말로 놀랐단다."

'그 피도 눈물도 없는 아주머니가 그래도 지 제자에게 내가 죽었다고 한 게 양심이 찔렸던 모양이군!'

심옥련에게 손톱만큼 고마워했다.

"이번에야말로 제자가 하산하는 모습을 볼 수 있겠구나. 몇 년 전에 보지 못한 어리석은 날 용서하지 말아다오."

"아닙니다, 사부님. 사부님께서는 당시 임무 수행 중이 시지 않았습니까. 무림이 유능하신 사부님을 필요로 했으 니, 어쩔 수 없다고 생각합니다."

"하하하, 녀석. 여전히 말은 잘하는구나. 언제나 이 못난 스승을 변호해 주느라 수고가 많다."

유정목이 부드럽게 미소 지으면서 손을 뻗어 왔다. 주서천은 피하지 않고 그 손길을 가만히 기다렸다.

소년에서 청년이 됐지만, 머리를 쓰담 받는 건 여전하다. 이 따듯하고 부드러운 손길이 좋았다.

"……."

이 믿을 수 없는 현실에 가슴이 울컥했다.

전생에선 화산을 내려갈 때 누구도 배웅해 주지 않았다.

하지만 지금은 아니다. 남들처럼 스승이 있다.

"다녀오거라."

"다녀오겠습니다."

스승을 걱정 끼치고 싶지 않아 눈물을 꾹 참았다.

그 대신 존경과 감사함을 담아 구배(九拜)했다.

*　　*　　*

주서천도 제대로 된 수선행을 밟은 적은 없다.

회귀 이전에 자신은 연화각 출신이 아니라 평범한 사대 제자였다. 약관이 돼서야 그 조건을 충족했다.

하지만 그때는 이미 칠검전쟁이 끝나고, 전란의 시대가 시작된 이후였다.

처음으로 강호에 나갔을 때 도착한 곳은 피가 튀기고 비명이 난무하는 전장이었다.

강호 초출이긴 한데 수선행은 아니다. 도를 닦으러 하산한 게 아니라, 전쟁을 하러 간 것이었으니까.

"낙 사매와의 약속은 지키지 못할 것 같네."

하산하기 전에 낙소월이 배웅해 줬다.

'사형, 일 년 뒤에 뵐게요.'

낙소월의 목소리가 아른거린다. 조금 쓸쓸해하는 것 같았지만, 그래도 환하게 웃어 주었다.

나중의 만남을 기약한 건 좋은데, 문제는 내년에는 칠검전쟁 도중이라는 점이었다.

전생 당시에는 수선행인 중인 몇몇 사대제자들을 화산으로 다시 불러들이기도 했다.

수선행에 나갈 자격이 될 제자들은 두말할 것도 없었다. 어쩌면 정사대전 혹은 정마대전이 일어날지도 모르는 상황인데 섣불리 제자들을 내보낼 수 없었다.

수선행에 여비는 주어지지 않는다. 협행이건 호위 임무건 간에 누굴 도와 먹고살 돈을 구해야 한다.

완전히 같지는 않지만, 불교의 탁발수행(托鉢修行) 비슷하다고 보면 된다.

대부분의 제자들은 협행이나 임무를 찾거나, 혹은 강호에 나와 있는 사형제들을 찾아 도움을 구한다.

"살펴 가십시오!"

"수고하쇼."

그러나 주서천은 그럴 걱정할 필요가 없었다.

하산하자마자 할 일은 인근의 전장(錢莊)에서 자신의 명의로 맡겨 둔 돈을 꺼내 오는 일이었다.

각각 금자와 은자가 충분한 만큼 들어 있는 주머니를 품 안에 갈무리하면서, 가벼운 발걸음으로 나왔다.

이 날을 위해서 이의채에게 돈을 준비해 달라고 미리 언 질을 해 두었다. 덕분에 돈은 걱정할 필요 없었다.

참고로 금의상단은 고작 사 년 만에 유례없을 정도로의 성장 속도를 보여 줬다.

아직 천하에 이름을 떨칠 정도는 아니지만, 그래도 규모 가 그럭저럭 있어서 알 사람들은 아는 이름이다.

"흉마의 무덤이 발견되기까지 반년."

어디로 가야 할지 고민할 필요는 없었다. 이미 몇 년 전 에 강호에 나오면 뭘 할지 정해 뒀다.

"사천의 만년화리(萬年火鯉), 운남의 칠각사(七角蛇), 서 장의 천년설삼(千年雪蔘)."

보다 압도적인 힘이 필요했다. 일단 암천회의 눈에 띄면 어중간한 힘으로는 살아남기가 힘들다. 또한, 그들의 계획 을 방해하기 위해서도 힘이 필요했다.

그래서 보다 빠르게 강해질 수 있는 방법을 전생의 기억 을 더듬으면서 강구했고, 제법 떠올릴 수 있었다.

다만 반년이라는 시간제한이 있어서 모두 행할 수는 없 었다. 그래서 나온 게 이 세 가지다.

우선 사천에서 만년화리를 잡아 내단을 복용해 백독불침과 한서불침을 노린다.

이후 운남으로 내려가면 영물이자 독물인 칠각사를 사냥해서 얻은 내단으로 천독불침에 오를 수 있었다.

마지막으로 크게 증진된 내공과 한서불침으로 서장의 대설산까지 가서 천년설삼까지 복용한다.

반년 동안 최대한으로 강해질 수 있는 최상의 경로였다.

"벽곡단도 준비했으니 든든하군."

품 안에 넣어 둔 주머니들이 빠지지 않도록 꼼꼼히 확인한 다음에야 이동할 수 있었다.

주서천은 경공을 극성으로 펼쳤다. 일 갑자하고도 십오 년의 내공이 힘을 주며 용천혈에서 흘러나왔다.

암향표를 대성한 덕에 효율을 최대한으로 끌어 올릴 수 있었다. 그는 마치 바람과도 같았다.

굳이 말을 탈 필요도 없었다. 경공이 극성이니 말보다 빨랐다. 내공의 소진이 빠르지만 그만큼 먼 거리를 이동할 수 있었다.

전부 소진하면 식사를 하고, 약간의 수면 등 휴식을 통해 재차 회복했다. 약 두 시진 정도였다.

식사야 벽곡단을 씹으니 얼마 걸리지 않고, 수면만 두 시진 정도 취하고 그냥 달리기만 했다.

단점이 있다면 지루하다는 것이지만, 그것만 **빼면** 완벽했다.

"누군가 함께했다면 심심하지는 않겠지만, 원래 강호행이란 건 혼자 하는 법이지!"

회귀 전에도 항상 혼자였다. 혼자인 그에게 고독이나 외로움이란 건 익숙한 감정이었다.

머릿속으로 미래에 대한 계획과 낙소월의 미소와 목소리를 떠올리면서 심심함을 달랬다.

이렇게 쉬지 않고 꾸준히 경공을 펼친 덕분에 석천(石泉)까지 도착하는 데 나흘밖에 걸리지 않았다.

화산에서 섬서까지 걷거나 말을 타도 이것저것 시간을 따져 보면 보통은 일주일이나 보름은 걸린다.

상당히 단축할 수 있었다.

*　　*　　*

섬서의 남부에서 시골이라 불리지 않을 규모의 마을은 몇 없다. 석천이 그런 동네 중 하나다.

남서 방향으로 이틀에서 삼 일 정도 내려가면 바로 사천이 나오는 데다가 남쪽으로 가면 중경, 남동쪽이면 호북이다. 거리도 비슷하기에 교통의 요충지였다.

섬서에서 사천, 중경, 호북으로 갈라지는 중간 지점이기에 그만큼 유동 인구도 많아서 마을도 컸다.

주서천은 자시(子時: 23시~01시) 무렵에 석천에 도착했다. 모두가 잠든 야심한 시각이지만, 어디까지나 사람이 별로 없는 촌의 경우다.

석천의 밤거리는 아직 밝고 시끌벅적하다.

취객들이 서로 얼싸안고 흥얼거리거나, 술에 잔뜩 취해 거리의 한 곳에 쓰러져 속을 게워 내는 모습이 보인다. 그 외에도 아랫도리를 주물럭거리면서 기루를 들락거리거나, 창가에 앉아 아래를 내려다보며 손짓하는 기녀들도 볼 수 있었다.

석천의 밤거리를 지나쳐 간다. 머리 위에서 자신을 유혹하는 기녀들의 목소리가 들렸다.

"도사님~"

도복 차림을 했는데도 아랑곳하지 않았다. 강호에 나온 혈기왕성한 청년 도사들만큼 쉬운 상대는 없다.

평생을 도가 문파에서 살면서 성욕을 억제당하다가, 자유가 됐으니 조금만 유혹에도 금방 넘어온다.

주서천은 기녀들에게 눈길 한 번 주지 않고, 밤거리를 지나, 객잔으로 곧장 들어갔다.

계산대에 꾸벅꾸벅 졸고 있는 중년인이 인기척을 느끼고

졸린 눈을 떴다.

"죄송합니다, 손님. 지금 방이 없어······."

"금의상단. 주서천."

주서천이 소맷자락의 매화를 보여 줬다.

"아!"

중년인이 눈을 번쩍 뜨며 정신을 차렸다.

"기다리고 있었습니다, 대인. 석천 지부와 이곳 객잔주를 맡고 있습니다."

"반갑소, 석천 지부장."

금의상단은 이제 귀주뿐만 아니라, 정파와 사파 세력권을 넘나들며 각 지부를 세우고 장사하고 있다.

이 객잔은 금의상단의 장사처 중 한 곳이다.

'상단주가 사람 편의는 잘 알아봐 준단 말이지.'

수선행을 나가기 전, 이의채에게 서신을 보냈다.

별다른 내용은 아니고, 수선행의 경로를 알려 주곤 급한 일이 있으면 이곳에서 찾으라고 언질해 두었다.

이에 이의채는 말도 안 했는데 수선행 경로 중에 금의상단의 각 지부를 가르쳐 주면서 말했다.

"전 지부에게 알려 대인의 편의를 최우선할 수 있
도록 명령을 내렸습니다. 가명이나 거짓 신분이 필

요하시다면 준비할 터이니 말씀만 해 주십시오."

말을 하지 않아도 원하는 바나 곤란한 상황을 대비해 주는 부분은 기가 막힐 정도로 완벽했다.

괜히 상왕이 아니다. 나중에 어찌 그리 잘 아냐고 물어보니 '교섭과 거래의 기본은 상대가 무엇을 원하는지 알아야 한다는 것입니다.' 라고 답했다.

어쨌거나, 정체를 숨길 일은 없어서 가명이나 거짓 신분은 필요 없다고 전했다.

혹시 몰라 준비는 해 달라고 했다.

"야식이나 술은 필요 없고, 씻을 온수나 준비해 주시오. 조식(朝食)도 거창한 것 말고 간단히."

오랜만에 침상에서 잘 수 있는 생각에 기뻤다.

"네, 그렇게 준비해 두겠습니다."

객잔주가 힐끗 하고 눈치를 봤다. 무언가 할 말이 있는 얼굴이었다.

"괜찮으니 말해 주시오."

조금 피곤하지만 이야기를 들을 정도는 된다.

"예!"

객잔주가 환한 얼굴로 이야기를 시작했다.

섬서는 광물 자원이 풍부하게 발견되는데, 그중 단연 제일 많으며 거래가 활발한 건 철이다.

금의상단의 석천 같은 섬서의 지부는 대부분 이 철이나 혹은 소금을 위주로 교역(交易)에 나섰다.

그리고 최근에 마침 사천으로 나갈 일이 생겼는데, 곤혹스러운 문제가 생겼다.

바로 산적이었다.

"중경의 녹림구채가 요 몇 개월 전부터 영역을 확대해 섬서의 남부 지방까지 노리고 있습니다. 저희 금의상단도 통행세라는 명목으로 과하게 뜯긴 적이 있습니다."

가끔씩 녹림의 고수가 등장해 호위 무사를 두고도 과하게 피해를 입었던 적도 있는 모양이었다.

"상단주께서 대인이 불편해하지 않는 한에, 부탁을 드려보라 하여서……."

객잔주가 살짝 겁먹은 표정을 지었다.

'제발 죽이지만 말아라!'

무림인의 성질은 더럽다. 정파건 사파건 매한가지다. 지닌 힘 탓에 일반인을 정말로 우습게 본다.

흔한 일이니 그건 상관없다. 그도 이젠 익숙해졌다.

다만 괜히 성질을 건드렸다가 날뛰게 만들고 싶지는 않았다.

그도 마음 같아선 이런 말을 하고 싶지 않았다.

화산에서 쉬지 않고 석천까지 달려온 사람에게 호위 임무에 대해서 사정 설명하는 건 큰 실례이다.

하지만 미리 말하지 않으면 주서천이 사정을 듣기도 전에 떠날지도 모르니 꼭 전달하라 명령받았다.

"녹림도가 나타나는 곳이 어디요?"

"사천으로 막 넘어가는 경계선입니다."

"그곳까지라면 호위해 줄 수 있소. 아마 사천으로 넘어가게 되면 녹림도의 위협에서 벗어날 거요."

사천은 정파 세력의 영향력이 손에 꼽을 정도로 큰 지역이다.

구파일방 중 아미와 청성이 있고, 오대세가인 사천당가까지 있으니 치안이 상당한 편이었다.

"감사합니다, 대인!"

금의상단의 일은 남 일이 아니다. 자신의 일이기도 하다.

'질풍십객(疾風十客)을 호위로 붙여도 될 일이지만······.'

질풍십객은 질풍검 왕일을 필두로 한 무사들이다.

그들 모두 단쾌검법과 질풍보를 필사적으로 수련한 덕분에 지금은 그럭저럭 이름도 알려졌다.

'그들은 다른 곳의 호위도 맡느라 이래저래 바쁘지. 여기로 부르면 다른 곳을 해결할 수 없게 된다.'

조금 귀찮긴 해도 어차피 어려운 일은 아니다.

거리도 그렇게까지 멀지 않으니 해결해 줄 수 있다.

무엇보다 이의채에게 어려운 일이 생긴다면 부탁해도 괜찮다고 말한 건 자신이었다.

* * *

이튿날 인시(寅時: 03시~05시)가 끝날 무렵, 방 안에서 운기조식을 끝낸 주서천이 아래층으로 내려왔다.

"안녕하십니까, 대인!"

계단을 내려오니 일련의 무리들이 자리에서 벌떡 일어나 목소리 높여 인사했다. 상인으로 보이는 자가 네 명, 그 외에 호위 무사로 보이는 자가 스무 명이었다.

다들 사전에 주서천에 대해서 들은 게 있는 듯, 태도가 깍듯했다. 주서천은 손을 들어 대충 인사한 뒤, 적당한 자리에 앉아 혼자서 조식을 끝냈다. 꽤 맛있었다.

자리에 일어나서 바깥에 나가자 대기 중인 이두마차(二頭馬車)가 네 대 보였다.

상인들이 마부와 함께 앞에 앉아 있었고, 그 주위론 무사들이 각자 말의 상태를 점검하고 있었다.

"자, 가 보실까."

第五章
금적금왕(擒賊擒王)

적림십팔채는 원래 중경에서 잘 벗어나지 않는다.

다만, 육 년 전의 일로 변화가 생겼다.

삼안신투의 비고가 발견되면서 온 무림에서 사람들이 찾아왔다. 문제는…… 많아도 너무 많다는 점이었다.

아무리 적림십팔채가 중경이 앞마당이라 할지라도 그 많은 무림인을 상대할 수준은 되지 못했다.

결국 별수 없이 이러지도 저러지도 못하고 도적질을 잠시 멈추곤 산채나 수채에 틀어박혔다.

불행 중 다행인 건 그동안 도적질한 것이 남아 딱히 걱정할 건 없었다는 점이었다.

십팔채주들은 창고를 열어 개인 자산까지 털어야 한다는 것이 불만이었지만, 그렇지 않으면 수하들을 먹여 살리고 제어할 방법이 없으니 어쩔 수 없었다.

"반년이나 일 년 정도만 참자……."

그러나 그게 얼마나 안일한 생각인지 깨닫게 됐다.

비고 탐사는 무려 이 년까지 이어졌다.

상당한 재물과 식량이 소모됐다.

"으으으!"

배를 굶어야 할 정도로 부족한 건 아니었다. 불만인 건 줄어든 재산이었다.

적림십팔채는 무림맹과 사도천이 철수하자마자 다시 도적질로 돌아갔다.

무려 이 년 동안 얌전히 산채나 수채에 틀어박혀 있는 탓이었는지, 그 반동으로 도적질이 활발해졌다.

"캬하하핫!"

"애들아, 죄다 쓸어버려라!"

"남자는 죽이고 여자는 범해라!"

그동안 쌓인 불만과 폭력, 가학심을 풀기 위해 날뛰었다. 가끔은 통행세를 내도 그냥 죽여 버렸다.

"그동안 네놈들에게 들어간 밥값이 얼마인지 아느냐?"

"좀 더 무리해도 상관없으니, 하루라도 빨리 좀 더 많은 재물을 약탈해 와!"

"너희 때문에 흥이 깨졌으니, 책임져!"

열여덟 명의 채주들은 눈에 띄게 줄어든 금은보화를 채워 넣기 위해 수하들을 채찍질했다.

드르륵.

마차의 바퀴가 굴러간다. 지평선 너머에서 먼지구름을 이끌고 오는 일련의 무리가 보였다.

금의상단의 수송 행렬이다.

"으하암."

주서천은 마차 지붕 위에 누워 하품을 내뱉었다.

마차가 거칠게 흔들림에도 침상 위에 올라온 것처럼 편안해 보였다. 심지어 짧게나마 수면까지 취했다.

호위 무사들이 말을 타고 달리면서도 신기한 듯이 힐끗힐끗 살펴봤다.

"고수라고 하더니 진짜로군."

범인 중에서도 운동 신경이 좋으면 마차 위에 떨어지지 않고 누워 있을 수는 있다.

그러나 저렇게 미동도 하지 않고 편안히 누워서 한 시진, 두 시진 정도 있는 건 불가능했다.

"겉모습이 어떻건 간에 화산파의 제자가 아닌가."

화산파의 제자라도 어리면 무시를 당한다. 하지만 청년이 돼서 강호 무림에 나오면 좀 다르게 본다.

대부분의 대문파에서 제자들을 일정한 무위에 올랐을 때 강호에 내보내는 건 상식이었기 때문이었다.

그 정도 수준이면 중소 문파, 삼류나 이류 무사들 입장에선 고수다.

"대인께서 성함이 뭐라고 하셨지?"

"이 우둔한 놈아. 주서천 대인이시다."

"어디서 많이 들어 봤는데……."

한때 화산파와 제갈세가를 분노케 했던 일의 주인공이지만, 그것도 어언 육 년이나 지났다.

직후 일어난 삼안신투의 비고가 워낙 화제였던 탓에 주서천의 이름을 기억하는 사람도 별로 없다.

있어 봤자 직접적으로 연결된 관계자들뿐이었다.

"구파일방의 제자가 대단한 건 알지만 상단주께서 극진하게 대하라는 것이 당최 이해가 안 가는군그래."

최후위에서 따라오는 호위 무사가 중얼거렸다. 연신 이상하다는 듯이 고개를 갸웃거렸다.

"화산파가 원래 상단주께서 상단 초 때부터 꾸준히 교류하던 곳이 아니던가. 아마 후견인이나, 혹은 개인적인 친분이 있는 분의 제자가 아닐까 싶네."

바로 옆, 마부석에 앉은 상인이 의문에 답해 줬다.

"그래도 이유를 막론하고 어떠한 명령이건 따르라니……
조금 이상하지 않습니까?"

"원래 상단주님께서 뭐 얻어 낼 상대에겐 아부…… 크흐
흠. 극진하게 대하시지 않나. 그뿐일세."

상인이 중간에서 말을 황급히 바꿨다. 누가 들은 것은 아
닌가 싶어 눈동자를 불안하게 굴렸다.

"어차피 곧 있으면 사천으로 넘어가니……."

"멈추시오!"

상인의 말이 중간에 뚝 끊겼다.

히히히힝.

선두를 달리던 말이 투레질과 함께 멈춘다. 일정한 간격
을 두고 따라오던 세 대의 마차도 따라 멈췄다.

"무슨 일인지 알아보고 오겠습니다."

호위 무사가 고삐를 돌리려 했다.

"금의무사들은 화물에 눈을 떼지 말고 제자리를 지키도
록!"

일행에게 익숙한 목소리는 아니었다. 하지만 이 자리에
서 우선해서 들어야 할 실권자였다.

어느새 마차 지붕에서 내려온 주서천은 눈을 가늘게 뜨
고 주변을 슥 둘러봤다.

가지가 곧게 뻗은 아름드리나무들이 울창한 수풀을 이루고, 항상 성가시게 굴던 소동물은 보이지 않았다.

이제야 금의무사들도 무언가 심상치 않은 것을 느끼고 자세를 바꿨다.

"크하하하!"

수풀 속에서 웃음소리가 메아리쳤다. 목소리 자체만으로는 나쁘지 않았다. 시원시원하게 호탕했다.

"이제 곧 습격하려 했건만, 그 전에 눈치를 채다니 감이 제법 좋은 놈이로구나!"

수풀 사이로 시커먼 그림자들이 모습을 드러냈다.

"헉!"

선두에 있던 상인이 놀란 목소리를 냈다. 그 뒤에 있던 상인들도 너무 놀라 숨을 멈췄다.

길가에 멈춰 선 마차 행렬들을 중심으로 수풀에서부터 험상궂은 남자들이 나와 둘러싸기 시작했다.

각자 검, 칼, 도끼 등 병장기를 꼬나 쥐었다.

그다음으로 눈에 띈 건 녹의(綠衣)와 한구석에 새겨진 '녹림'이라는 글이었다.

"녹림도!"

스르릉!

금의무사들이 약속이라도 한 듯 동시에 검을 뽑았다.

"이름을 댈 기회를 주마!"

"주서천."

"어린데도 그 오만방자한 태도, 보아하니 구파일방이나 오대세가로군! 소속이 어디냐!"

"화산."

주서천이 팔을 들어 소매 안쪽의 매화를 보였다.

"화산의 검수인가! 흐, 상대로서 부족하지 않군. 그리고 또 이름을 댈 자가 어디 있느냐?"

녹림도가 일행을 슥 둘러봤다.

누구도 대답하지 않았다.

"설마 이름을 댈 자가 너 혼자뿐이냐?"

녹림도가 어이없다는 듯이 물었다.

"너희를 상대하는 데 나 혼자면 충분하다."

주서천이 구파일방의 오만방자한 애송이처럼 말했다.

"으하하하!"

"하하하!"

일행을 에워싼 녹림도들이 웃기 시작했다. 명백한 비웃음이었다.

"화산의 제자라면 확실히 일류 정도는 되겠지만, 너 혼자로 이 많은 인원을 어떻게 할 수 있을 거라 생각하느냐?"

녹림도가 피식 웃으면서 왼손을 들었다. 그러자 수풀 사이를 헤치면서 녹림 무리들이 튀어나왔다.

　대충 인원을 세어도 삼십에서 사십은 되는 듯했다. 딱 두 배다.

　"뭐, 뭐 이렇게 많아?"

　금의무사들이 당황한 듯 주춤거렸다.

　"당황하지 마시오. 딱 봐도 숫자 불리기요. 아마 대부분이 삼류고, 그 이상 되는 놈들은 적을 거요."

　주서천이 무덤덤한 목소리로 주변을 진정시키려 했다.

　"미친놈!"

　녹림도가 어이없다는 듯이 웃었다.

　"거기 살만 뒤룩뒤룩 찐 돼지들까지 지켜 가면서 우리를 이길 수 있을 거라 생각하는가?"

　그 손가락이 마부석에 앉은 상인들로 향했다.

　"히익!"

　상인들의 안색이 새파랗게 질렸다. 자신들이 죽을 거라는 생각에 잔뜩 겁먹은 얼굴이었다.

　"말이 좀 많구나. 내 경험상 넌 이야기에 흐름에 필요하긴 하지만, 그다지 썩 강할 것 같지는 않은 산적 나부랭이가 틀림없다."

　주서천이 목을 빙그르르 돌렸다. '뚜두둑' 하고 듣기만 해도 시원한 소리가 났다.

"아까부터 대체 뭔 터무니없는 헛소……."

"간다."

다리를 살짝 굽히면서 힘을 모았다. 배꼽 아래에서 내공이 용솟음치면서 다리 전체를 두른다.

"모두, 자리를 지키고……."

빠지직!

발이 빨려 들어가듯이 움푹 들어간다. 밟고 있는 지면에 균열이 갔다. 심상치 않은 기가 방출됐다.

몸을 잔뜩 웅크린 그는 이윽고 몸을 활짝 피며 순식간에 튕겨 나갔다.

"헉!"

방금 전까지 실컷 떠들던 녹림도가 기겁했다. 눈을 껌뻑 뜨니 주서천이 사라졌다가 코앞에 나타났다.

"이게 뭔……."

"뭐긴 뭐야, 고수지!"

주서천이 실없는 농을 던지면서 검을 휘두른다. 허공에 번쩍, 하고 수평선이 그어졌다.

"커헉!"

녹림도가 목을 붙잡고 눈을 부릅떴다. 욕설을 내뱉으려 했지만 생각처럼 되지 않는다.

수하들에게 명령을 내리려고 손짓을 하려는 순간, 목에

서 피가 분수처럼 튀면서 뒤로 고꾸라졌다.

"……."

주변이 침묵했다. 워낙 순식간에 일어난 일이라 다들 제대로 받아들이지 못했다.

"자리를 지키시오."

주서천이 일행들에게 재차 말했다.

"보아하니 대부분이 삼류, 그 외에 이류 조금인가."

손목과 함께 검을 빙그르르 돌려 다시 잡는다.

"대충 삼십하고도 오륙 정도……."

검에 내공을 불어 넣는다. 그 양이 상당해 눈에 언뜻 보일 정도였다. 푸르스름한 아지랑이가 일렁인다.

검기(劍氣)다.

"고, 고수?"

녹림도가 검기를 보고 뜨악한 표정을 지었다.

고수라 불리려면 적어도 절정의 경지는 되어야 한다. 그리고 검기는 절정부터 쓸 수 있는 기술이다.

"일각(一刻)."

주서천의 몸이 흐릿해졌다.

"끄악!"

그가 다시 나타났을 때, 한 녹림도가 가슴에 꿰뚫린 구멍을 부여잡으면서 비명을 흘렸다.

"제, 젠장!"

혼비백산하던 녹림도들이 그제야 가까스로 정신을 차렸다.

"아무리 고수라고 해도 혼자다!"

여전히 반쯤 넋을 잃은 얼굴로 손에 쥔 병장기를 들고 비명에 가까운 괴성을 질렀다.

"쳐라!"

"죽여!"

"목을 베어 버리자!"

누군가 명령한 것도 아니다. 명령 체계가 엉망이었다. 다들 전열도 가다듬지 않은 채 돌격했다.

근접해 있던 녹림도 다섯이 덤벼든다. 발걸음만 봐도 수준이 낮다는 건 알 수 있었다.

"죽엇!"

수염이 지저분하게 난 녹림도가 박도(朴刀)를 휘둘렀다. '부웅' 하고 묵직한 파공음이 나면서 대각선을 그린다. 힘이 제법 실렸지만, 그뿐인 칼질이다.

주서천은 박도를 쥔 녹림도를 지나치면서 검을 휘둘렀다.

"커헉!"

검 끝에서부터 사람을 벤 감각이 손에서 느껴진다.

살을 둘로 가르면서 단단한 뼈까지 절삭되는 것이 무심

코 회귀 이전의 전장을 떠올리게 만들었다.

"네 이놈!"

나머지 네 명이 정면에서 몸을 날려 왔다. 기본적인 전법 하나조차 갖추지 않은 오합지졸이었다.

주서천은 빙판 위를 미끄러지듯이 매끄럽게 움직였다. 정면에서 달려드는 녹림도 사이를 지나쳤다.

파바밧!

그냥 지나간 것만은 아니었다. 검을 재빠르게 휘둘렀다. 다만 너무 빨라 눈으로 좇을 수 없었다.

"컥!"

"아악!"

푸슈슈슛!

검이 지나간 곳에 상처가 남았다. 상처가 크게 벌어지면서 피가 뿜어져 나와 안개를 만들어 냈다.

네 명 전부 별 공격도 하지 못하고 허무하게 쓰러졌다.

"조심하십시오, 대인!"

금의무사 중 누군가가 경고했다.

"늦었다!"

휘리릭!

녹림도의 손에서 도끼가 떠나갔다. 양날로 된 도끼는 공중에서 화려하게 회전하면서 주서천의 후두부를 노렸다.

"흐음!"

몸을 뒤로 휙 돌린다. 동시에 왼손을 들어 날아오는 도끼를 손쉽게 낚아챘다.

"잔재주!"

어깨를 뒤로 젖힌다. 근육에 힘이 들어가 뻣뻣해졌다. 왼팔의 근육이 울긋불긋해졌다.

쐐액!

주서천이 왼손을 앞으로 쭉 뻗었다. 손에 쥐고 있던 도끼가 떠난다. 그 속도는 빛과 같았다.

휘리릭!

도끼가 맹렬하게 회전하면서 공기를 찢어 갈랐다. 사나운 기세로 날아간 도끼가 원주인에게 돌아가 머리를 노렸다.

퍼억!

도끼에 실린 내공이 보통이 아니었다. 머리에 닿자마자 수박처럼 터뜨렸다. 피와 뇌수가 튀었다.

주서천이 다시 몸을 날렸다. 당황하는 녹림도들 사이에 뛰어들었다.

"이 자식!"

덩치가 큰 녹림도가 창을 앞으로 쭉 뻗어 정면을 향해 찌른다. 나름대로 매서운 공격이었다.

그러나 주서천의 눈에는 그 공격이 하품이 나올 정도로 느리게 보였다. 시간이 멈춘 것처럼 인식됐다.

좌로 일 보 내디뎌 피한다. 창이 허리 옆을 지나갔다.

"이런 젠……."

서걱!

말을 잇기 전에 주서천의 검이 녹림도의 목을 베었다. 머리가 몸과 분리되어 바닥을 구른다.

"일, 이, 삼, 사…… 구, 십."

눈에 들어오는 녹림도의 숫자를 세어 본다. 그리고 공간을 접듯이 이동해 검무(劍舞)를 보였다.

"히, 히이익!"

녹림도의 사기가 밑바닥까지 내려갔다. 눈앞에서 보인 압도적인 무력에 다들 새하얗게 질렸다.

주서천이 목표로 삼은 녹림도 사이에서 폭풍우처럼 몰아친다.

"일(一)."

검을 휘둘러 수직선을 그었다. 정면에서 수세식(守勢式)을 취하려던 녹림도가 장작처럼 쪼개졌다.

그다음 행동이 곧장 이어진다. 물 흐르듯이 검의 연계를 똑똑히 보여 줬다.

두 번째, 세 번째…… 여섯 번째 녹림도가 눈 깜짝할 사

이에 피를 흩뿌리면서 쓰러졌다. 마치 추풍낙엽과도 같았
다.

"저게 정말로 절정이라고?"

누군가가 믿기지 않는 듯 소리쳤다.

"음, 눈썰미가 좋군."

주서천이 입꼬리를 비틀어 올렸다. 녹림도가 맞췄다. 그
는 절정의 경지가 아닌, 초절정의 경지였다.

"그런데 내가 강하게 느껴지는 건 너희가 약해서 그래."

녹림도, 나아가 적림도의 영향은 사실상 중경밖에 없다.
세력이 또 그렇게까지 강한 건 아니다.

숫자가 많고, 힘의 균형 등이 있어 대놓고 토벌하지 못할
뿐이었다.

고수가 없는 건 아니지만 그건 채주나 그 주변의 측근 일
부이지 그 외에는 형편없다.

숫자가 좀 많은 것 정도다.

"칠, 팔, 구, 십!"

몸이 화살처럼 쏘아졌다.

파앙!

방금 전까지 서 있던 곳에서 공기가 터져 나갔다. 둥근
원형으로 기파(氣波)가 남았다.

"오, 오지 마!"

녹림도 칠(七)이 몸을 돌렸다. 어리석은 짓이다. 뒤에서부터 허리를 베 상체와 하체를 분리시켰다.

팔(八)이 눈을 질끈 감으며 검을 세워 막으려 했다. 그대로 검과 함께 목을 뎅겅 잘랐다.

구(九)와 십(十)이 자포자기한 듯이 절망이 깔린 낯짝으로 어깨를 축 늘어뜨렸다. 그게 마지막이었다.

눈을 껌뻑 뜨니 피를 흩뿌리면서 바닥에 쓰러졌다.

"일각…… 덜되나."

주서천이 검에 묻은 피를 털어 내면서 중얼거렸다.

"으, 으아악!"

"도망쳐!"

아직 이십이 조금 넘는 녹림도들이 전의를 잃었다. 전부 혼비백산하면서 뒤도 돌아보지 않고 도망쳤다.

"허."

금의무사들이 넋을 잃었다. 겁에 잔뜩 질렸던 상인들도 마찬가지였다.

"어디 보자……."

녹림도들이 급하게 도망치면서 몇몇은 무기까지 내던졌다. 그중에는 활과 화살통도 섞여 있었다.

주서천은 활과 화살통을 들었다.

"길을 따라 사천 방향으로 먼저 가도록 하시오. 녹림도가 또 따라오지 않도록 손 좀 쓰고 오겠소.”

“대인, 그게 무슨 말씀이신지…….”

“설명하려면 기니 군말 없이 따라 주시오.”

주서천이 녹림도가 도망친 방향으로 뛰었다.

*　　　*　　　*

방금 전 길목 인근에는 산이 있다. 녹림도가 어디에 있을지는 뻔했다.

원래 이 인근에는 산채 같은 건 없었다. 아예 없던 건 아니지만 나타날 때마다 화산파에 의해 토벌됐다.

그러나 이번에 영역을 확장하게 되면서 새로이 건설됐다. 이 길목을 중경에서부터 왕복하기에는 너무 먼 거리였다. 재물의 보관을 위해서라도 진지가 있을 것이라 생각했다.

그래서 일부러 도망치는 녹림도를 놓아 줬다. 확실히 생각대로였다. 흔적을 따라가니 산채가 보였다.

“인기척이 생각보다 많은데……?”

지금 당장 눈에 들어오는 건 사십 정도였다. 산채 중앙에 모여 떠드는 것이 보였다.

그중 반절이 방금 전에 놓아주었던 녹림도들이다. 무슨 이야기를 하고 있을지는 뻔했다.

"아."

나머지 반절에 대해서 생각하다가 무언가가 떠올랐다. 시위에 건 화살에 주입한 양기를 되돌렸다.

일월신궁은 사성. 삼성과 사성에서 각각 양기와 음기를 주입해서 약간이나마 쓸 수 있다.

그래서 삼성의 양기로 산채에 불을 내 손쉽게 죽일 생각이었는데, 그럴 수 없게 됐다.

"그런가."

주서천이 시위를 놓았다.

쐐애액!

화살이 유성처럼 긴 궤적을 남겼다. 깨끗한 일직선을 그려 내며 앞으로 뻗었다.

"윽!"

일 리나 되는 거리 밖. 망루 위에 서 있던 자가 목에 박힌 화살을 붙잡고 절명했다.

주서천이 다시 시위에 화살을 건다. 아직도 녹림도들은 눈치를 채지 못하고 있었다.

휙! 휙!

"컥!"

망루 위에 서 있던 녹림도들이 힘없이 쓰러졌다. 화살은 전부 목이나 심장에 박혔다.

백발백중의 활 솜씨였다.

화살통을 더듬어 보니 여섯 개가 잡혔다. 이제 슬슬 움직이기로 했다.

일 리 바깥에서 숨죽인 채 저격만 하던 건 끝났다.

수풀 사이에 튀어나와 산채로 달렸다. 암향표를 펼친 덕에 그 속도는 번개같이 빨랐다.

'일단 우두머리로 보이는 놈.'

삼십육계(三十六計) 공전계(攻戰計) 십팔계(十八計)에는 금적금왕(擒賊擒王)이라는 계책이 있다.

적을 칠 때는 대장부터 잡으라는 뜻이다.

병법에서 볼 때 적장을 잡으면 지휘관을 잃어 대개는 우왕좌왕하면서 혼란에 빠지기 마련이었다.

불과 반 시진 정도 전, 금의상단을 보호하면서 싸울 때도 우두머리로 보이는 자부터 처리했다.

그 효과는 확실했다. 지휘 체계가 엉망이 되자 이러지도 저러지도 못했다.

사실, 자신의 실력과 적군을 생각하면 이렇게까지 할 필요는 없었다. 그냥 습격해도 이긴다.

'분명 안에 사람들이 갇혀 있을 거야.'

여자를 납치해 범하거나, 혹은 어린아이나 노인을 인신매매의 목적으로 가둬 두는 일은 흔하다.

그래서 화공(火攻)도 관두고, 인질들을 생각할 수 없도록 경계병을 처리한 다음 우두머리를 노렸다.

쐐액!

첫 번째 화살이 떠났다. 여전히 아름다울 정도로 깨끗한 선을 그리면서 쏘아져 나갔다.

"컥!"

도망쳐 온 녹림도들에게 보고를 받던 녹림도가 눈을 부릅떴다. 심장이 있는 위치에 화살이 꽂혔다.

"습격이다!"

그제야 녹림도들이 반응을 보였다.

"일단 활 쏘는 녀석부터 찾…… 꽉!"

명령을 내리던 자의 목이 꺾이듯이 뒤로 젖혀졌다. 이마 정중앙에 화살이 박혔다.

"아니, 도대체 어디서……!"

다른 녹림도가 주변을 황급히 둘러봤다.

퍽!

"악!"

말을 꺼내면 죽는다. 아니, 정확히 말해선 이성적인 사고 방식으로 멀쩡한 말을 입 바깥으로 내면 죽었다.

세 번째 화살까지 제 역할을 끝냈다.

"저기다!"

녹림도 중 하나가 망루를 손가락으로 가리켰다. 그곳에
는 주서천이 서서 시위에 화살을 걸고 있었다.

"저, 저 녀석은!"

녹림도의 반절 정도의 얼굴이 공포로 일그러졌다.

자신에게서 도망친 자들이었다.

"궁술에 좋은 경험이 되겠구나."

움직이는 표적은 동물 외에는 맞춰 본 적 없다. 좋은 연
습 상대였다.

"뭐하고 있어! 활잡이부터 처리…… 켁!"

네 번째 화살이 명치를 꿰뚫었다.

휙!

주서천이 망루에서 뛰어내렸다. 동시에 시위를 당겼다.
이번엔 화살 두 개가 동시에 쏘아져 나갔다.

"컥!"

"윽!"

이번엔 무작위였다. 그냥 눈에 보이는 녹림도 둘의 목숨
을 끊었다.

"놈의 화살이 떨어졌다! 죽여라!"

방금 전까지 당황하고 있던 녹림도들이 비릿하게 웃었다.

"그, 그만둬!"

주서천의 무력에 대해 알고 있는 녹림도가 뒤늦게 경고

했다. 하지만 말을 꺼냈을 때는 이미 늦었다.

타앗!

또 하나의 화살이 쏘아졌다. 정말로 화살은 아니다. 주서천의 몸이었다.

외날 도끼를 든 녹림도가 공격했다. 도끼째로 가슴을 베어 갈랐다.

"어?"

그게 시작이었다. 녹림도 입장에서 지옥이 펼쳐졌다.

주서천은 보법을 펼쳐 녹림도 사이를 자유롭게 넘나들며 이십사수매화검법을 펼쳤다.

십초식을 채 펼칠 필요도 없었다. 팔초식인 매화혈우가 나왔을 때쯤 이십 명째가 죽었다.

피가 튀고, 살이 갈라지고, 비명이 난무했다.

매화를 담은 검이 번쩍일 때마다 누군가 죽었다.

그야말로 압도적이었다.

"살려 주십시오, 대협!"

결국 살아남은 자들이 백기를 들었다. 손에 쥔 병장기를 떨어뜨리면서 지면에 이마를 박았다.

그들은 일찍이 주서천의 무위를 봤다가, 전의를 상실하고 덤벼들지 않았다. 그 숫자가 열다섯이다.

"살려달라고?"

"뭐든지 하겠습니다!"

눈곱 정도 고민해 봤다.

"안 돼!"

강호에서 적을 살려 둘 경우 좋은 경우는 많이 못 봤다. 특히 녹림도, 산적들은 더더욱 그렇다.

"개과천선하겠습니다!"

먹을 것이 부족해 어쩔 수 없이 산적이 된 농민들이라면 또 모른다.

그들은 도적질은 해도 사람을 잘 죽이려 하지 않는다. 또 살 만해지면 다시 농업에 힘썼다.

그러나 녹림도, 나아가 적림도는 그 경우와 다르다. 그들 대부분은 원해서 산적이나 수적이 됐다.

누군가를 억지로 범하고, 약탈하고, 살인해도 문제없는 것을 즐겼다. 놓아줘 봤자 뭘 할지 뻔하다.

그렇지 않은 경우가 아예 없는 것은 아니었지만, 적어도 눈앞의 놈들은 그럴 것 같지가 않았다.

"정말로 개과천선할 건가?"

"예, 그렇습니다! 천지신명에 맹세코!"

"그래, 다음 생에 내가 확인해 주마!"

"크아악!"

녹림도 중 다섯 명만 제외하고 전부 죽였다. 네 명은 포박했고, 양팔을 부러뜨리고 길 안내를 시켰다.

사람들을 감금하고 있지 않냐고 물어봤는데, 예상대로였다. 녹림도가 울먹이면서 감옥으로 안내해 줬다.

"히, 히이익!"

감옥에 가니 사람들이 오십여 명 정도 있었다. 대부분이 여성이나 어린아이, 노인뿐이었다.

다들 겁먹은 채 구석에 틀어박혀 벌벌 떨었다.

"괜찮습니다. 나오십시오."

주서천이 감옥 문을 열어 주면서 안심시켜 줬다.

"구하러 왔습니다. 화산파의 제자입니다."

"으허엉!"

화산파의 제자라는 걸 알려 주자마자 사람들이 울음을 터뜨렸다. 그동안 쌓인 공포와 슬픔이 느껴졌다.

사람들을 전부 데리고 바깥으로 나가자 참상이 보였다. 어머니들이 아이들의 눈을 대신 가려 줬다.

그러나 그 누구도 눈살을 찌푸리거나, 시선을 피하지는 않았다. 하나같이 증오로 가득한 눈길이었다.

"구해 주셔서 정말로 감사드립니다, 대협."

감금된 사람들 중 대표로 보이는 노인이 나와 인사했다. 자글자글한 주름 사이로 눈물이 뚝뚝 흘렀다.

"별거 아닙니다. 저놈들은 알아서 하십시오. 사지를 전부 부러뜨렸으니 그다지 어렵지 않을 겁니다."

이 사람들이 감금된 동안 어떤 수모와 괴롭힘을 당했을지는 대충 상상이 간다. 그래서 그 증오와 분노를 해소시켜 주기 위해 자그마한 선물을 준비했다.

"히, 히이익!"

살아남은 녹림도들의 안색이 새파랗게 질렸다. 그들은 사지에서 느껴지는 고통에도 아랑곳하지 않은 채 자리에서 벗어나려고 발버둥 쳤다.

"아까 보니 감옥 근처에 창고가 있더군요. 거기에 돈 좀 있을 터이니 마을로 돌아가는 데 쓰십시오."

"아니, 대협. 은인에게 어떻게 그런 염치없는 행동을 하겠습니까…… 저희는 이미 너무 많은 빚을……."

보통 산적들을 토벌하면 거기에서 나온 재물들은 무림인들이 전부 가져간다. 누구도 뭐라 하지 않는다.

어차피 주인을 찾아 줄 수도 없을뿐더러, 무림인들이 도와주지 않았다면 목숨도 건지지 못했을 테니까.

"괜찮습니다. 도사라서 재욕을 가지면 벌 받습니다."

사실 돈 많아서 걱정할 필요가 없는 것뿐이다.

"흐으윽, 정말로 감사합니다. 부디 이름이라도 알려 주시겠습니까?"

"주서천. 화산파의 제자, 주서천입니다."

第六章
사천당가(四川唐家)

　녹림도의 산채를 박살 내고 곧장 길을 따라 사천으로 향했다. 암향표를 써서 금세 일행을 따라잡았다.

　"대협!"

　일행과 합류하니 달라진 시선을 느낄 수 있었다. 다들 경외를 담아 쳐다봤다.

　"내가 좀 대단한 건 나도 알고 있소."

　주서천이 코를 세우면서 우쭐거렸다. 이런 시선이 부담스럽기만 하다면 그건 거짓말이다.

　예전 같았다면 정체가 밝혀질 경우 귀찮아지니 뭐니 하겠지만 지금은 아니다. 애초에 그랬다면 이름은 숨겼을 것이다.

아직 영웅을 바라보는 시선은 아니지만, 그래도 한때 꿈꿔 왔던 것과 비슷하니 기분은 좋았다.

'좀 자유로워지니 이런 건 정말로 좋네. 화경에 오르면 이 지긋지긋한 숨김도 안녕이다.'

그동안 힘을 숨겼던 건 암천회의 시선 탓이다.

괜히 정파의 새싹이라면서 견제해 올 것이 마음에 걸렸다. 암천회는 성가시다. 그들의 힘은 진짜다.

적당히 이름을 알리는 젊은 고수 정도는 괜찮다. 하지만 상식에서 벗어난 힘을 보이면 노림을 받는다.

과유불급(過猶不及)이라 하지 않는가.

언제나 적당한 게 중요한 법이다.

나흘 뒤, 일행은 사천의 성도(成都)에 무사히 도착했다. 그사이 도적이나 산적의 습격은 없었다.

"아이고, 주서천 대협. 덕분에 별 피해 없이 무사히 도착할 수 있었습니다."

"앞으로 화산 제일의 고수가 되실지도 모르는 분이 곁에 있었는데 무엇을 걱정합니까?"

"하하하!"

성도에 도착하자마자 상인들이 손바닥을 비비면서 굽실

거렸다.

"에잉…… 쯧쯧."

금의무사들이 그걸 보고 혀를 찼다. 정말로 노골적으로 비위를 맞추면서 굽실거리고 있었다.

'뭐야, 평범한 금의상단의 상인이잖아.'

정작 장본인은 아무렇지 않아 했다. 익숙한 듯 대충 받아들이면서 상대했다.

상단주와 비교하면 이 정도는 아무것도 아니다.

이의채라면 한술 더 떠서 '화산 제일의 고수가 될지도 모른다고? 아니, 될 분입니다!'라고 말했을 것이다.

"그럼 일이 있어 이만 가 보겠소."

손을 흔들어 상단과 헤어졌다. 상인과 무사들이 허리를 깍듯이 굽혀 인사하는 게 보였다.

*   *   *

사천당가(四川唐家).

사천을 대표하는 명문으로서, 독과 암기만큼은 정파, 아니 무림 전체에서도 손꼽힌다.

그 권위는 무림맹, 사도천, 나아가 새외까지 이름을 떨칠 정도니 두말할 것도 없었다.

"화산의 주서천?"

당가 적통(嫡統)의 삼녀(三女), 독봉(毒鳳) 당혜(唐慧)가 특유의 매서운 눈초리로 되물었다.

"예, 아가씨."

호위 무사가 부복한 채로 답했다.

"흐응."

당혜가 고운 눈썹을 찡그리며 생각에 잠겼다. 탁자를 두들기기를 몇 번, 금세 떠올릴 수 있었다.

"십사검협이 도수창병을 이길 수 있도록 도움을 주었던 소년…… 소유검, 유정목의 제자였나."

그녀의 중얼거림에 호위 무사 적잖이 감탄했다.

"대단합니다, 아가씨. 그는 딱히 유명인도 아닌 것 같은데 이름만 듣고 그렇게나 떠올리신 겁니까?"

"당가의 자식이라면, 정보에는 응당 눈이 훤해야 하는 법. 당연한 걸로 띄워 봤자 기뻐지진 않아."

당혜가 새침하게 대답하곤 자리에서 일어났다.

"화산의 제자가 무슨 일로 온 것일까요?"

"내가 아는 한 본 가와 화산파 사이에 이렇다 할 연은 없었으니…… 강호행 도중 사천에 들른 김에 방문한 것이겠지."

그녀는 호위 무사의 의문에 답하곤 발걸음을 옮겼다.

당혜의 추측이 틀린 건 아니었다.

대문파의 제자나 명가의 자제들이 보통 강호행에 나가면 주로 구파일방과 오대세가를 방문한다.

별 목적이 없어도, 대문파끼리 교류해 연을 좀 더 깊고 돈독하게 만들기 위함이었다.

하지만 그것만이 이유는 아니었다. 사천당가에 방문한 목적은 세 가지였다.

첫째는 방금 전 말한 것이요, 둘째는 어떤 약을 얻기 위함이었다.

셋째는 어찌 보면 첫째와 동일한데, 다른 점은 그 약을 내줄 사람이 사천당가의 인물인 탓이었다.

'독봉, 당혜.'

강호 무림에서 별호에 용(龍)과 봉(鳳)이 붙는다는 건 특별하다.

이십 대에서 삼십 대에 이르는 후기지수(後起之秀)들 중에서도 오직 여덟 명밖에 없는 자들이었다.

오룡삼봉(五龍三鳳)!

다섯 명의 용과, 세 명의 봉황. 용은 남자이며, 봉황은 여자에게 붙는다.

이 오룡삼봉은 소속 세력, 미모, 또는 무공 등 여러 방면으로 평가받아 제일 우수한 젊은이들이었다.

주서천도 당혜를 직접 본 적은 없었지만, 잘 알고 있었다. 무림인으로서 모르면 그게 더 이상하다.

오룡삼봉은 언제나 주목을 받는다. 서른을 먹기 전 쥘 수 있는 최고의 명예니 당연했다.

"아가씨께서 오고 계십니다."

시동(侍童)이 쪼르르 다가와서 알려 줬다.

'원래라면 아무나 만날 수 없는 사람이지.'

천하의 오룡삼봉이다. 만나겠다고 만날 수 있는 사람들이 아니었다.

하지만 이쪽도 아주 무명은 아니다.

화산파의 제자이며, 또 초절정 고수로 이름을 날린 소유검의 제자였다.

사천당가가 바쁜 일이라도 있으면 모를까, 그런 것도 아니니 자신의 방문을 거절할 수는 없다.

독봉의 명성에 비하면 조족지혈이지만 그래도 얼굴을 잠깐 비춰 줄 정도는 된다.

끼이익.

문이 열리면서 여인이 들어왔다. 그 얼굴을 확인한 주서천이 잠시 멍한 표정을 지었다.

'……?'

확실히 아름다웠다. 낙소월과 비교해도 부족하지 않다. 그 정도로 미인이었다.

치켜 올라간 눈초리 탓에 인상이 매서웠다.

신장은 크지도, 작지도 않았다. 딱 중간이었다. 연령은 이십 대 전반으로 보인다.

등을 넘어 허리까지 닿는 길고 검은 머리카락은 둥글게 말아 올리고 잘 엮어서 풍성한 느낌을 냈다.

눈매도 눈매지만 눈동자도 보통이 아니었다. 한번 보면 잊을 수 없는 강렬함과 약간의 독기도 보였다.

전체적으로 얼음같이 무뚝뚝하고 차갑다, 가 아니라 고고하게 앉아 있는 암사자 같았다.

무림인들 대부분 그녀를 처음 본 순간, 왜 별호에 '독'이 붙어 있는지 곧바로 이해한다. 그리고 독봉만큼 어울리는 별호도 없을 거라 말하곤 했다.

당혜가 독공을 수련한 탓도 있지만, 그것보단 전체적으로 독기를 머금은 강렬한 눈동자가 인상적이다.

'분명, 처음 보는 것일 텐데…….'

당혜에 대해선 이름만 알고 있다. 본 적은 한 번도 없었다. 그녀의 사후가 어떻게 되는지는 정확히 모르지만, 전란에 휩싸였다는 정도로만 알고 있었다.

이런 미인을 봤다면 잊을 수 없을 텐데, 어딘가 모르게 본 것 같은 감각에 의아해했다.

"어린 도사께선 뭘 그리 넋을 잃고 계신가요."

주서천은 당혜의 목소리에 제정신을 차렸다.

"듣자 하니 화산의 도사들은 검에만 흥분하는 변태라고 하는데, 소협을 보니 그건 또 아닌 것 같네요."

당혜가 눈썹 하나 깜짝하지 않고 엄청난 소리를 했다.

"예?"

주서천이 순간 두 귀를 의심했다. 자신이 잘못 들었나 싶었다.

이에 당혜가 다리를 꼬고, 턱을 들고 주서천을 오연하게 쳐다봤다.

"미안해요. 과한 농이 섞인 실언이니 넓은 아량으로 용서해 주기를 바라요."

"……."

주서천이 어이없어했다.

"대부분의 남자들이 나를 처음 보았을 때, 미명(美名)대로라면서 벌게진 눈으로 쳐다보곤 하죠. 그에 비해서 소협은 적어도 그런 부류는 아니군요. 제법 신선해서 기뻐요."

이 여자, 뭔가가 심상치 않다.

"걱정 마세요, 소협. 소협이 괜한 수작 걸 생각만 하지 않는다면 이름을 세 번 정도 거론할 때, 겨우 떠올릴 수 있는 사이가 될 수 있을 거예요."

'독봉이 이렇게 맛 간 여자였나.'

독봉 당혜에 대해서 아는 거라곤 뛰어난 독공과 암기술을 지닌 데다가 지혜를 겸비하고 아름답기까지 하다는 정도였다.

성격에 대해서 아예 몰랐던 건 아니다. 다만 알고 있는 것이라곤 지기 싫어하는 성격 정도다.

그 외의 것은 제대로 조사하지 않았다.

"자, 그럼 얼마든지 머물러도 좋으니 쉬다 가도록 하세요. 되도록 절 찾지는 마시고요."

대놓고 귀찮게 굴지 말라 말했다.

"독봉께선 성질이 급하신 것 같습니다. 제가 독봉을 찾은 건 어떠한 승부를 하고 싶어서입니다."

등을 돌린 당혜가 발걸음을 멈췄다.

"……승부?"

"예. 그것도 내기 있는 승부이지요."

독봉 당혜는 명문의 여타 자제들 중에서도 특히 자존심이 드센 편이다.

이렇게 누군가가 내기까지 건 승부를 걸어오면 반응을 보인다.

물론 이 승부도 일단 기본적인 자격은 갖춰야 한다.

"……."

당혜는 제자리에 앉아 다리를 꼬았다. 그러곤 말해 보라는 듯이 사나운 눈초리로 압박을 줬다.

"무림인답게 승부는 비무로 하겠습니다. 독봉이 나서셔도 괜찮고, 대리인을 내세워도 상관없습니다."

"꽤나…… 재미있는 말을 하는구나."

폭풍 전의 고요가 폭풍으로 바뀌었다. 당혜는 스스로의 기운을 숨길 생각조차 안 하는 듯했다.

주변의 공기가 무거워진다. 숨이 절로 답답해졌다.

눈을 슬쩍 돌리니 화초가 거무튀튀하게 변색되면서 고개를 숙이는 것이 보였다. 독이었다.

이제껏 바위 위에서 홀로 고고하게 앉아 있었다면, 지금은 당장이라도 달려들 것만 같았다.

그 포악함은 무림인, 그것도 절정의 고수가 아니라면 숨도 못 쉴 정도로 무시무시했다.

"미안하지만, 이 몸을 여타 평범한 계집들과 비교할 생각이라면 그만두는 게 좋을 거야."

그 눈이 음험하고 사납게 빛났다. 가느다란 손가락에서 짙은 녹색의 아지랑이가 스멀스멀 피어올랐다.

방 내부가 진득한 독기로 가득 찬다. 벽 중 일부분이 물렁해지더니만, 이윽고 조금씩 녹아내렸다.

주서천은 그 기운에도 아랑곳하지 않았다. 눈살 하나 찌푸리지 않고, 아무렇지 않게 버텼다.

"내가 할 말이다."

독봉 당혜의 나이는 올해로 이십삼이다. 확실히 강호의 선배이긴 하지만, 그렇게까지 차이가 나는 건 아니었다.

상대가 존중이나 예의를 차려 주지 않는데, 이쪽에서도 굳이 맞춰 줄 생각은 없었다.

"내기에 걸 것은?"

"명검."

스르릉!

주서천이 예한을 꺼내 탁자 위에 올려 뒀다.

당혜가 눈동자만 굴려 예한을 슥 훑어봤다.

"확실히 나쁘지 않은 물건이지만, 나와의 혼인을 원하는 것이라면 도둑놈 심보가 아닐까 싶네."

"모든 남자들이 너에게 관심 있는 건 아니야."

당혜가 그 말을 듣고 미간을 찌푸렸다. 얼굴에는 '그럼 원하는 게 뭐냐.'라고 새겨져 있는 것 같았다.

"빙한독(氷寒毒)."

중독되면 몸 곳곳이 한기로 인해 얼어붙어 결국 한여름에도 동사(凍死)시키는 극독이다.

만년화리는 적지 않은 화기(火氣)를 품고 있다.

그대로 복용한다면 제대로 흡수할 수도 없을뿐더러, 또 자칫 잘못하면 내상을 입을 수 있었다.

그래서 만년화리의 내단과 함께 복용할 것이 필요했는데, 그게 바로 빙한독이었다.

마음 같아선 독이 아닌 영약을 구하고 싶었다.

하지만 지금으로서는 구할 수 있는 것이 없었다.

대설산의 천년설삼이 좋긴 하지만 그걸 구하기도 전에 탐색 도중 얼어 죽는다.

일월신궁의 음기를 사용하는 방법도 있지만, 만년화리의 화기를 어떻게 해 볼 수 있는 정도는 아니다.

그래서 대체할 수 있는 것이 없을까, 하고 고민하다가 빙한독을 떠올렸다.

자고로 영약이 잘못 복용하면 독이 될 수 있는 것처럼, 독 역시 잘 쓰면 약으로 쓸 수 있는 법이다.

"독……?"

당혜는 이해가 안 간다는 듯한 표정을 지었다. 구부려진 눈썹은 펴질 생각이 없었다.

빙한독이 흔한 독은 아니다. 적어도 돈으로 손쉽게 구할 수 있는 독은 아니었다.

하지만 또 그렇다고 함부로 내줄 수 없는 수준은 아니다. 사천당가에 그 정도 독은 얼마든지 있었다.

괜히 독과 암기의 당가가 아니다.

물론 그렇다고 또 아무나 꺼내서 내줄 수 있는 것도 아니지만, 당가의 적통이자 독봉인 그녀는 예외다.

"……내 설마 살다 살다 화산의 제자 입에서 독을 내어 달라는 말을 듣게 될 줄은 몰랐어. 만약 날 깜짝 놀라게 할 목적이었다면, 틀림없는 대성공이야."

정파는 독과 암기를 비겁하다면서 천시하는 경향이 있다. 싫어하는 건 기본이고 멸시하는 자도 여럿이다.

이러한 경향이 있는데도 사천당가가 정파, 그것도 명가인 오대세가 들 수 있는 건 '필요'하기 때문이다.

정파와 달리 적대 세력인 사파는 독과 암기를 적극 사용한다. 이에 대한 피해는 결코 무시할 수 없다.

그리고 이 피해를 조금이라도 최소화하려면, 독과 암기에 대해서 알아야 했다.

지피지기(知彼知己)면 백전백승(百戰百勝)!

해독을 하려면 독에 대해 연구해야 했고, 이 독에 전문 분야인 정파 무림 단체는 오직 사천당가뿐이었다.

사천당가가 오대세가로 남아 있을 수 있는 건 이러한 연유다.

한데 정파인, 그것도 검에만 목숨을 거는 화산의 제자가 독약을 달라고 하니 의아할 수밖에 없었다.

"의도가 궁금하다면, 내기에서 승리해서 묻는 게 어떤가?"

"꽤 괜찮은 도발이지만, 자꾸 그렇게 내 성질을 건드리는 건 좋지 않을걸."

당혜가 원형 탁자에 손바닥을 올리면서 으름장을 놓았다.

"강가에 네 머리를 담가 놓고, 발로 뒤통수를 누르면서 이름 그대로 물귀신(川)으로 만들 수 있거든!"

치이익!

탁자 위에 손바닥으로 누르고 있는 부분이 움푹 파이며 자국이 났다.

손바닥을 떨어뜨리니 거무튀튀하게 썩어 문드러진 부분이 눈에 들어왔다.

'무서운 년!'

주서천이 혀를 내둘렀다. 성격이 보통 독한 게 아니었다.

독봉(毒鳳)이 아니라, 독봉(毒蜂)이지 않을까?

"승부를 받아 줄게."

당혜가 자리에서 일어나면서 냉혹하게 웃었다.

'휴우!'

천만다행으로 계획대로 흘러갔다. 만약 당혜가 거절했다면 앞으로의 일이 꽤나 골치 아파졌으리라.

주서천은 속으로 안도의 한숨을 내쉬면서도 겉으로 드러내지 않고 무덤덤하게 질문을 던졌다.

"그러면 일시와 장소를 정해 주……."

마음이 완전히 풀어졌을 때다. 분위기가 느슨해진 순간, 당혜는 독처럼 쏘아붙여 왔다.

파바밧!

당혜가 몸을 휙 돌리면서 손을 쭉 뻗었다. 손가락 사이에 껴 있던 암기가 쏘아지며 빙글빙글 회전한다.

"흡!"

순간 놀라 숨을 멈췄다. 급습에 놀라긴 했지만, 그렇다고 멍하니 당하고만 있지는 않았다.

생각이 이어지기도 전에 몸이 반응한다. 얼굴을 향해 날아오는 암기를 보고 목을 옆으로 틀어 피했다.

쐐액!

그다음 암기가 날아왔다. 정신이 집중된 탓에 이번엔 날아오는 암기도 순간적으로 포착할 수 있었다.

'독접(毒蝶)?'

손가락만 한 크기에 나비 모양을 한 암기라면 무림에서도 한 가지밖에 없다. 당가의 자랑인 독접이다.

머릿속에서 당가의 독접에 대한 지식이 떠오른다.

"이런!"

좌측으로 몸을 던졌다.

그가 있던 자리에 독접이 날아왔다. 하나가 아니라 둘이다. 처음의 독접과 두 번째로 나온 독접이었다.

째앵!

독접끼리 부딪치면서 금속음을 토해 냈다. 허공에서 불꽃이 튄다.

"추혼비접(追魂飛蝶)을 피한 건 칭찬해 주지!"

당가의 절기로 꼽히는 암기 수법이다. 독접을 피할지라도, 추혼비접이 되돌아와 적을 끝까지 노린다.

독접이라는 이름에 걸맞게, 암기에 상당량의 극독이 발라져 있어 조심해야 한다.

"기습에 실패했는데 어쩌지?"

주서천이 '하하' 하고 이죽거렸다.

당가의 장기는 독과 암기다. 이 두 가지를 중심으로 한 전술이라면 보통 기습이나 암습이다.

정파인들에겐 손가락질을 받을 일이지만, 이미 독과 암기가 장기인 것만으로도 충분히 욕을 먹고 있었다.

인제 와서 꺼릴 이유는 없었다.

"그래……?"

당혜가 진하게 웃었다. 눈만큼은 웃고 있지 않다.

"그 오만이 네 명줄을 위협하는 독이 될 거야!"

당혜가 내공을 실어서 힘껏 발을 굴렀다.

우르릉!

마른하늘에 천둥소리가 나는 듯했다. 당혜의 발이 지면에 움푹 파이는 순간 터진 굉음이 그 정체였다.

나무로 된 바닥이 부서지면서 그 조각이 한꺼번에 용솟음쳤다. 수백 개가 빙글빙글 회전하며 비산했다.

"죽엇!"

당혜가 외치면서 팔을 파바밧 하고 뻗었다. 내기를 두른 손바닥에 부딪친 나무 조각들이 튕겨 날아갔다.

수백 개가 한꺼번에 날아가니 그 모습이 장관이다.

주서천은 당황하지 않고 침착하게 대응에 나섰다.

검기를 두른 예한을 화려하게 회전시켰다.

"끝이야."

당혜의 입가에 진한 미소가 번졌다. 명백한 비웃음이었다.

휘리릭!

주서천의 머리 위로 무언가가 떨어진다. 아까 전에 허공에서 부딪쳤다가 행방을 감췄던 독접이었다.

당혜는 그걸 보고 승리를 믿어 의심치 않았다.

"깜짝이야!"

주서천이 소리 내서 놀란 목소리를 냈다.

당혜의 수법에 놀라서가 아니다. 지금 일격 전부 하나하나 치명상을 입을 공격이라서 그렇다.

퍼엉!

원형으로 세 바퀴 회전하자 검풍(劍風)이 터져 나왔다. 무지막지한 공력이 담긴 공격이었다.

사람의 몸을 집어삼킬 기세로 쏟아지던 조각들은 별 힘도 내지 못하고 검압에 못 이겨 으스러졌다.

주서천은 그 결과를 확인도 하지 않은 채, 도중에 손목만을 틀어 머리 위를 향해 검을 휘둘렀다.

채앵, 하는 마찰음은 없었다. 검이 스치고 지나가자 나비의 형태를 한 암기가 깔끔하게 양단됐다.

"······."

분위기가 낮게 가라앉았다. 침묵 대신에 주서천의 기겁한 목소리가 방 안을 가득 채운다.

"미친년! 날 죽일 생각이냐?"

방금 전 일격에 당했다면 꼼짝없이 목숨을 잃었다.

"무, 무슨 일이야!"

"접객실이다!"

바깥에서 소란이 일어났다. 지금까지 이 난리를 피워 댔으니 모르면 그게 더 이상하다.

"아가씨!"

쿵!

멀쩡한 문이 박살 나면서 나가떨어졌다. 그 뒤 곧바로 당가의 무사들이 여럿 들어와 당혜를 보호했다.

"네 이놈! 여기가 어디라고……."

"이름이 무어라 했지?"

당혜가 무사가 하던 말을 도중에 끊고 물었다.

"주서천."

"주서천……."

당혜가 곱씹듯이 중얼거렸다. 그 목소리에 묻어나는 감정은 치욕과 분노였다.

자신이 누구인가!

오룡삼봉의 독봉이 아닌가!

또래의 무인들은 물론이고 이십 대에서 최강이라 자부할 수 있는 위치에 있다. 그런데 패배했다.

설사 구파일방의 출신이라 할지라도, 연령도 그다지 차이가 없는 자에게 진 것은 충격적이었다.

"내가 오기 전까지 그에게 손대지 마라."

당혜는 무사들에게 말하곤 밖으로 나갔다.

'설마 또 급습이나 암습을 꾀하는 건 아니겠지?'

사천당가의 싸우는 법은 살수와 같다. 그들은 정면 승부를 피하고 주로 적이 방심할 때를 노린다.

그도 그럴 것이, 정면 승부를 하면 너무나도 불리하기 때문이었다.

암습이나 급습에 성공하면 그 위력은 상당하다. 잘하면 힘 한 번 들지 않고 일격에 쳐 죽일 수 있다.

하지만 실패하면 그만큼의 반동도 심하다.

보통 당가의 사람이 급습에 실패하여 정면 승부를 하면 그 경지는 한 단계, 많게는 두 단계 떨어진다.

이는 독과 암기가 상대가 모르는 틈을 타서 공격하는 것에 특화되어 있기 때문이었다.

독이나 암기를 상대가 알 경우, 사용자보다 하수라 할지라도 어렵지 않게 회피하거나 파훼한다.

그래서 당혜도 처음에 돌아가는 척하면서 급습했다. 마지막에는 일부러 바닥을 뒤집어 시선을 빼앗고, 추혼비접을 응용해 회심의 일격을 날렸다.

오룡삼봉, 독봉의 경지는 초절정을 앞에 둔 절정이다. 연령을 생각하면 이 정도도 빠른 편이다.

거기에 기습까지 생각한다면 초절정 고수도 능히 쓰러뜨릴 수 있었다.

문제는 상대가 나빠도 너무 나빴다.

"약속했던 물건."

상념에 빠진 지 그다지 오래되지도 않았거늘, 당혜가 손바닥만 한 철통을 들고 금세 돌아왔다.

"그래."

왜 아직까지도 당가의 어른들이 오지 않는지 의문이었지만, 그런 의문은 잠시 접어 두기로 했다.

의아해할 시간에 차라리 얼른 이 자리를 뜨는 게 좋았다.

"만나서 더러웠고, 다시는 만나지 말자."

미인은 좋아한다. 하지만 미친년은 싫다. 괜히 엮이고 싶지 않았다. 연이 여기서 끝났으면 했다.

"당가의 무서운 점이 뭔지 알아?"

"알고 싶지 않은데?"

"강호에서 제일 지독한 가문이라는 점."

당혜가 섬뜩하게 웃었다.

"여자가 한을 품으면 오뉴월에도 서리가 내리는 걸로는 안 끝나. 난 빚진 건 꼭 갚는 성격이라서, 서리 대신에 독이 퍼져 네 몸을 집어삼킬 거라 장담할게."

"당가가 천하에서 제일로 화통하다고 들었소, 소저. 내 그러니 이만 볼일도 끝냈으니 가 보겠소. 우리 다음부터는 뒤끝 없이 처음 보는 걸로 합시다. 하하."

주서천이 웃으면서 당혜를 지나쳐 갔다.

당가의 무사들이 주서천을 잡으려 했지만, 당혜가 그 전에 손을 들어서 제지했다.

그러곤 그의 모습을 머릿속에 담으려는 듯, 떠나가는 뒷모습이 안 보일 때까지 바라보았다.

*　　　*　　　*

사천에 소문이 돌았다.

"자네, 그거 들었나?"

"그거라면 모르지. 그게 뭔데?"

"어허, 소식 참 느리구먼."

"뭔데 그리 뜸을 드나? 얼른 말해 보게."

"얼마 전에 어떠한 젊은이가 독봉과 만났는데, 또 내기를 건 승부를 했다고 하네."

"그건 자주 있는 일이 아닌가?"

당혜와 내기를 건 승부는 나름 사천의 명물이다.

독봉은 사천제일미라 할 정도로 아름답다.

그녀를 조금이라도 보기 위해 당가에 방문하는 남자들은 하루에도 수십이 넘는다. 그리고 그중에는 혼인을 요구하면서 승부를 거는 자들도 여럿이 있었다.

일정한 자격만 된다면 만난 뒤 혼인을 건 승부를 거는 건 어렵지 않았다. 지기 싫은 성격이 한몫했다.

결과는 두말할 것 없었다. 이기기는커녕 대부분의 무인

들이 일 합에 견디지 못하고 나가떨어졌다.

독봉이 미색으로만 붙은 별호가 아니다. 이십 대에서 최고의 반열에 들어야 얻을 수 있는 이름이다.

삼십 대 무인들을 기준으로 해도 당혜의 무공 수위는 상당한 편에 속한다. 그만큼 상승의 고수였다.

그런 그녀를 이길 정도면 이미 마흔이 넘는다. 그 나이 때에 신부로 삼겠다면 쌍욕으로 안 끝난다.

어쩌면 아비이자 당가의 가주가 달려올지도 모르는 일이었다.

"듣고 놀라지 말게나."

"아, 것 참. 질질 끌지 말고 얼른 말하라니까!"

"그 청년이 놀랍게도 독봉에게 승리했다고 하네!"

"뭐라고?"

사람들은 놀라지 않을 수 없었다.

독봉에게 승리했다는 건, 곧 오룡삼봉의 수준이라는 뜻이다. 그 소문은 순식간에 무림으로 퍼졌다.

"자세하게 이야기해 보게!"

강호에 퍼진 소문은 대충 이렇다.

청년이 어떤 목적을 지니고 비무를 요청했다. 다만 그 비무는 전력을 다한 것은 아니었다고 한다.

"내 듣기론 독봉의 몇 합을 버텨 내면 청년의 승리인 비무라고 하더군."

"아니, 겨우 그걸로 그 독봉과 혼인을 할 수 있다는 겐가?"

"으음, 혼인은 아닌 모양이야. 나도 잘은 모르지만 영약인가 재화 같은 것들을 요구했다더군."

"아하. 그럼 그렇지. 다른 누구도 아니고 독봉이 그리 쉽게 결혼하겠나? 그냥 심심풀이였군! 껄껄껄!"

남자들은 안도의 한숨을 내쉬었다.

만약 이런 일로 사천제일미녀를 데려간다면 한동안 억울해서 배가 아파 잠을 이루지 못한다.

"그래도 오룡삼봉에게 몇 합을 버텨 냈다는 건 대단한 일이야. 새삼 누군지 궁금한데…… 아는가?"

"알고 있네."

"그게 누군가?"

"주서천!"

第七章
만년화리(萬年火鯉)

　당가를 방문해 독봉과 만나겠다는 남자들 중 열에 셋 정도는 혼인을 걸고 비무를 청한다. 당혜는 그럴 때마다 대부분 비무를 받아들이고, 그 자리에서 기습해 일격으로 승부를 냈다. 집안사람들에게 있어 이 일은 상당히 익숙한 풍경이었다. 처음엔 놀랐지만 날이 갈수록 무덤덤해졌다.

　주서천이 품은 의문에 대한 답도 여기에 있다.

　어느 정도 익숙해진 이후로는 집안, 정확히는 접객실 근처에서 큰 소란이 일어나도 신경 쓰지 않았다.

　다들 '또?' 라면서 그러려니 했다.

　이번에도 마찬가지였다. 다들 또 누군가 독봉에게 반해 목숨 아까운 줄 모르고 덤볐나 싶었다. 그리고 언제나처럼 당혜의 승리라고 생각했다. 그게 상식이었고, 당연한 일이었다.

"……."

당혜는 이맛살을 찌푸렸다.

"하아아……."

짜증이 섞인 한숨을 내뱉는다. 귀한 석경(石鏡)에 얼굴을 비춰 보니 피곤함이 묻어났다.

독봉이 된 이후로 처음으로 패배했다. 이 일이 알려지자마자 자신은 문책을 받았다.

독봉 당혜는 단순히 한 사람의 무인이 아니다. 당가라는 단체를 대표하는 인물이기도 하다. 그런 자가 누군가에게 패배했다거나 하면 당연히 그 책임을 져야 한다.

당가도 정파인 만큼 위신에 상당히 신경을 썼다.

그래서 방금 전까지 얼마 전에 있었던 일을 자세하게 설명한 다음, 실컷 꾸짖음을 받고 돌아왔다.

벌로 당분간 허락 없는 승부는 금해졌다. 누가 도발해 와도 참아야 한다는 것에 자존심이 상했다.

이후 당가는 괜한 헛소문이 퍼지지 않도록 발 빠르게 나서서 정리했다. 혼인을 건 내기도 아니었으며, 또한 독봉 쪽에선 딱히 전력을 낸 것도 아니다.

"구파일방과 오대세가의 교류로써…… 당가와 화산파의

친목을 위한……."

필사적으로 변명하는 것 같아 마음에 들지 않았다.

'전력을, 내지 않았다……인가.'

그렇지 않다. 살의를 담은 건 아니었지만, 그래도 단숨에 제압하기 위해서 본신의 무위를 모두 보였다.

당가는 그렇게 받아들이지 않은 모양이지만, 실상은 다르다. 전력을 쏟아 낸 게 맞다. 정면 승부라면 또 모른다. 하지만 자랑하는 기습이나 암습이 전부 실패했다.

'주서천……'

빙한독을 넘겨준 건 그다지 중요하지 않다.

정녕 신경 쓰이는 건 완패(完敗)였다.

그 치욕이 가슴 깊숙한 곳에 남았다.

*　　*　　*

사천, 중량산(中梁山).

"후, 잘 찾아왔네."

봉우리를 이 잡듯이 뒤져 목적지를 찾았다. 기간은 약 사흘 정도가 걸렸다.

숨 쉬기 힘들 정도로의 열기, 절로 불쾌해지는 습기, 지면에서 스멀스멀 피어오르는 김을 보면 확실하다.

멀리서 보이는 김을 따라서 걸었다. 얼마 지나지 않아 몇십 장(丈)이 넘는 크기의 온천이 보였다.

부글부글

용암처럼 들끓는 수면을 보면 몸을 담글 생각이 싹 가신다. 들어갔다간 뼈까지 녹아 버릴 것만 같았다.

콰아아아!

고막이 먹먹해지는 굉음이 들렸다.

머리를 들어 확인하니 온천의 끝에서 지면을 꿰뚫고 위로 솟아오르는 간헐천(間歇泉)을 볼 수 있었다.

꽤나 장관이었지만, 한가하게 여기서 이럴 시간은 없다.

이백여 개의 석회암 계단을 내려가 온천에 다가갔다. 피부가 달아오를 정도의 열기가 확 와 닿는다.

주서천은 끝까지 내려가진 않고, 적당한 곳에 서서 기감(氣感)을 비롯해 모든 감각에 집중했다.

'찾았다!'

반 시진 뒤, 물속을 돌아다니는 그림자가 보였다.

물고기치고는 몸집이 제법 크다.

"만년화리!"

만년화리가 정말 만 년을 산 건 아니지만, 그래도 그만큼 기나긴 세월을 살아온 영물이다. 이곳처럼 고열의 환경에 서식한다는 것 자체가 범상치 않았다.

"고맙다, 암천회."

전란의 시대에는 영약이나 영물 등이 숱하게 발견됐다.

워낙 난세였는지라 무인들이 이곳저곳을 쑤셔 댄 탓도 있었지만, 암천회의 손길 때문이기도 했다.

암천회는 도감부(圖鑑部)라 하여, 영약과 영물을 수집해 기록하는 조직을 따로 만들어 활동했다.

그만큼 영약이나 내단을 중요시했다.

그들이 괜히 강한 게 아니다. 내력 증진용이나 외부의 고수들을 섭외하기 위해 수집해서 사용했다.

이 도감부의 기록은 전란이 끝난 이후 주로 수뇌부 등의 일부에게만 공개됐다. 전쟁으로 인한 피해를 조금이라도 회복하라는 의미에서였다.

주서천도 장로의 권한으로 열람할 수 있었다.

다만 암천회가 영약이란 영약, 영물이란 영물을 하나도 남기지 않고 쓸어 담아 그다지 쓸모는 없었다.

"전에는 무료함을 달래기 위해 읽었는데, 그게 이렇게나 도움이 될 줄은 꿈에도 몰랐지!"

도감 외에도 읽은 건 정말 많다. 지식은 곧 힘이라고 했는데, 틀린 말 하나도 없었다.

실은 그다지 유능하지 못하다 보니 시간이 남았다는, 눈물겨운 사정이 있지만 그건 잊기로 했다.

"잉어!"

시위를 몇 번이나 튕겼다. 도합 십여 개의 화살이 바람 소리를 내면서 날아가 만년화리를 노린다.

콰앙!

첫 번째 화살이 수면을 뚫고 바닥에 처박혔다. 일 할의 공력을 담았는지라 파괴력이 남달랐다.

양기건 음기건 별 소용없을 것 같아 순수하게 쏘기만 했다. 그래도 파괴력이 대단했다. 물이 승천하듯이 솟아올라 분수를 만들었다. 수면이 일시적으로 낮춰지면서 만년화리가 보였다. 성인 남자 팔뚝만 한 몸체, 눈처럼 흰색. 확실히 도감에 나온 대로의 모습을 하고 있었다.

파바밧!

두 번째, 세 번째 화살이 연달아 꽂힌다. 물기둥도 늘어났다. 하지만 만년화리는 보이지 않았다.

스스슥!

만년화리가 헤엄을 쳤다. 눈으로 겨우 좇을 수 있는 수준의 빠르기다. 과연 영물은 영물이지만, 도망쳐 봤자 부처님 손바닥 안에 손오공이다.

이곳 간헐천에 도망칠 곳 따위는 없다.

"어딜!"

내기의 흐름을 용천혈로 바꾸면서 온천으로 뛰어들었다.

안 그래도 뜨거웠던 열기가 한층 더 심해졌다.

왼발이 수면에 닿는다. 그 순간, 재빠르게 오른발을 뻗으면서 힘껏 달렸다.

"하압!"

목청껏 기합을 터뜨린다. 그런다고 가라앉지는 않는다. 그 대신 경공의 상승 기법을 이용한다.

등평도수(登萍渡水)다.

암향표를 대성하면서 자연히 쓸 수 있게 됐다.

만년화리가 헤엄친다면, 주서천은 뛰었다. 다리를 바꿀 때마다 첨벙 하고 물이 크게 튀었다.

"내단!"

주서천의 검이 만년화리의 꼬리를 노렸다.

김이 잔뜩 껴 앞을 가렸지만, 문제는 전혀 없었다.

검이 수면을 가르고 들어간다. 물의 저항력에 영향을 받지 않도록 공력을 잔뜩 넣어 완전히 배제했다.

하지만 상황이 마음대로 흘러가지만은 않았다.

첨벙!

만년화리가 직각으로 튀어 올랐다. 수면 바깥으로 새하얀 몸체를 자랑하듯이 내보였다.

'맙소사!'

주서천이 눈을 휘둥그레 뜨면서 놀라워했다. 설마하니

이 일격을 피할 줄은 상상조차 하지 못했다.

하지만 놀라기에는 아직 이르다.

휘익!

만년화리가 포물선을 그렸다. 그런데 그 방향은 도망치기 위해서가 아니었다. 그 반대였다.

눈처럼 새하얀 잉어는 자신을 공격한 자에게 분노하듯이 덤벼들면서 꼬리를 있는 힘껏 휘둘렀다.

퍼억!

"억!"

비명이 절로 나왔다. 당혜에게 기습을 당했을 때도 이 정도로 놀라지는 않았다.

하마터면 내공의 운용에 실패해 가라앉을 뻔했다.

"……."

꼬리로 맞은 뺨이 얼얼하다.

"하하."

입가에 웃음이 맺혔다. 눈은 웃고 있지 않았다.

요 몇 년 동안 무공 수련한 이유가 무엇인가?

지금을 위해서다.

부글부글.

수면이 끓는다. 기포가 생겼다가 터지기를 반복했다. 온천의 열기 탓이라고 하기엔 끓는 것이 심했다.

일 갑자를 넘는 내기가 외부로 방출된다. 도가 무학의 정순한 기가 고요하게 퍼지다가 주변을 휩쓸었다.

쓰지 않던 내공들을 폭발시켜 힘으로 전환했다.

"살아서 돌아가진 못할 것이다!"

어차피 죽이려고 했지만 그냥 말해 봤다.

주서천은 정면으로 날아들었다.

만년화리는 뒤에서 움직임을 포착했다. 만약 사람이었다면 한껏 비웃었을지도 모른다.

동족도 아니고, 발 달린 미개한 동물이 따라온다. 헛고생이다. 이 주변은 자신의 영역이다. 날개 달린 미물도, 팔이 길고 털이 수북한 미물도, 자신을 잡기는커녕 농락만 당했다.

만년화리는 몸체를 수류(水流)에 따라 춤을 추듯이 흔들어 정면을 향해 미끄러지듯이 쭉 전진했다. 만년화리는 저 미물을 좀 더 농락하자고 마음먹으면서 여유를 부렸다.

"제일식."

그러나!

"자하개벽!"

우르릉!

마른하늘에 벽력이 쳤다. 산새들이 놀라 비상했다.

위이잉!

검에 맺힌 기가 무섭게 회전하면서 굉음을 낸다. 그 속도가 워낙 빨라 눈으로 도저히 좇을 수 없었다.

만년화리는 영물로서 그 심상치 않은 기를 느꼈다. 범위에서 벗어나려고 전력을 내 사라지려 했다.

"제이식, 화우선형!"

앞으로 쏘아진 검이 부챗살처럼 퍼진다. 하나였던 검기가 수십 개로 나뉘어져 동시에 앞으로 날아갔다.

펑! 펑펑펑!

검기 다발이 떨어지면서 수면이 엉망진창이 됐다.

가라앉아 있던 자갈들이 위로 솟았다.

충격의 여파로 인해 파도가 일어나서 주변을 집어삼키듯이 훑었다. 만년화리가 질겁하면서 몸체를 마구 흔들었다. 목숨이 걸려 있어서 그런지 그 속도가 대단했다.

생전 이렇게 움직였던 적은 없었다. 그래도 열심히 한 덕에 위에서 떨어진 재앙들을 겨우 피했다. 영역의 끝자락까지 몰린 만년화리는 한숨 돌리기 위해 아가미로 호흡하려 했다.

부웅!

주서천의 다리가 직각으로 크게 올라갔다.

"하아아앗!"

이번에는 조금 길게 이어지도록 기합을 낸다.

동시에 올라갔던 다리를 아래로 찍어 내렸다.

쿠아아앙!

발꿈치가 수면에 닿은 순간, 이제껏 없던 굉음이 터지면서 파도가 크게 쳤다. 밑바닥이 보일 정도다.

만년화리는 순간 당황하면서 몸을 마구잡이로 흔들었다. 조금이라도 빨리 헤엄쳐 빠져나가려 시도했다.

그러나 그 몸은 수중이 아닌 공중에 떠 있었다.

"생선!"

공중에 뜬 만년화리를 노리고 검을 휘두른다.

퍼억!

검의 날이 아닌 등으로 쳐서 그런지 절삭음 대신 둔탁한 소리가 났다. 만년화리가 음성 기관이 제대로 됐다면 '꽥' 하고 외마디 비명을 질렀을지도 모른다.

수를 셀 수 없을 정도로의 세월을 산 잉어는 바닥에 내팽개쳐지며 퍼덕퍼덕하고 격렬하게 날뛰었다.

"하하."

주서천이 만년화리를 살포시 밟으면서 의기양양한 미소를 띠었다.

"봤느냐, 만년화리여."

주변에 누가 있는 것도 아닌데 자랑하듯이 목소리를 높여 중얼거렸다.

"설사 영물이라도 인간 앞에선 한낱 미물일 뿐!"

입가에 침이 고였다.

'잉어는 무슨 맛일까?'

포식할 생각에 들떴다.

"아니, 이럴 때가 아니지."

뺨을 후려친 만년화리에게 그동안 숨겨 왔던 가학심을 먼지 한 톨까지 끄집어내서 복수할까 고민했다.

하지만 혹시라도 물 바깥으로 꺼냈다고 내단에 변화가 올 것을 걱정해서 그만두기로 했다.

주서천은 날뛰는 만년화리를 손날로 후려쳤다. 안에 있는 내단이 다칠까 봐 힘 조절 정도는 했다.

최후의 발버둥이라는 듯, 마구 날뛰던 만년화리는 별 힘도 쓰지 못하고 기절했다.

주서천은 만년화리의 입을 벌려 검지와 중지를 집어넣어 안을 마구 헤집었다. 손가락에 닿는 물컹한 느낌이 불쾌했지만, 괜히 해체하다가 내단에 손상이라도 가면 곤란하다.

"아."

내장을 헤집기를 몇 번. 손가락에 무언가 닿았다.

두근거리는 가슴을 진정시키곤 손가락에 닿은 것을 꺼내 확인했다. 손가락 마디만 한 크기에 몸체처럼 눈부실 정도로 흰 구(球)였다.

"응?"

내단을 빼자마자 만년화리에 변화가 일어났다.

팔뚝만 한 길이도 길이지만, 몸통도 상당했던 만년화리가 체내에 뼈와 내장을 빼낸 듯 홀쭉해졌다.

총명한 빛이 언뜻 감돌던 눈도 죽은 동태 눈깔로 변했다.

"맛없겠네."

살생(殺生)에 대한 사과나, 내단을 내줘서 고맙다는 인사 같은 건 없었다. 헌신짝처럼 냉큼 버렸다.

자고로 인생…… 아니, 생물이란 건 자고로 약육강식이 아닌가. 결코 뺨을 맞아 화나서 그런 게 아니다.

주서천은 내단을 품에 갈무리하고 적절한 곳을 탐색했다. 얼마 지나지 않아 한적한 동굴을 찾았다.

안쪽까지 들어가 박쥐 등 방해할 만한 동물이 없다는 걸 확인한 다음에야 가부좌를 틀고 앉았다.

만년화리의 내단은 입에 물었다. 그리고 사천에서 받아온 빙한독이 담긴 철통을 꺼냈다.

입구를 손가락으로 툭툭 두들긴 다음 마개를 연다.

"으음!"

마개를 열자마자 한기가 빠져나온다.

북해나 서장의 대설산을 가 보지는 않았지만, 간다면 이 정도의 한기가 아닐까 싶은 생각이 들었다.

'이럴 때가 아니지.'

머리를 흔들어 잡념을 떨쳐 냈다. 쓸데없는 생각이나 호기심 같은 건 전부 치웠다.

철통은 바닥에 내버려 뒀다.

입구에서 빙한기(氷寒氣)를 머금은 연기가 빠져나와 뱀처럼 스멀스멀 기어오더니 몸을 휘감았다.

'후욱! 후욱!'

심호흡을 해 본다. 그것마저 괴롭다.

빙한기를 머금은 극독이 코와 입을 통해 몸 전체로 퍼진다. 오래 걸리지는 않았다. 그야말로 찰나다.

딱딱딱!

추위에 몸이 떨린다. 의지대로 되는 게 아니었다.

턱뼈가 부딪치면서 소리를 냈다.

꿀꺽!

입에 물고 있던 내단이 식도를 타고 내려갔다.

'정신 차려!'

이 이상의 떨림은 운기조식에 방해가 된다.

성가신 정도가 아니라, 목숨에 직결됐다.

정신을 집중해서 몸의 조정에 나서, 떨리는 몸을 꽉 쥐어 잡아서 고정했다.

빠드득!

눈썹에 허연 서리가 끼고, 낯빛은 창백해졌다. 빙한기가 신체의 내외부로 감돌아 생명을 갉아먹으려 한다.

'내단!'

화르륵!

몸에 불꽃이 피어올랐다. 자그마한 불씨가 아니다. 내장을 녹여 버릴 정도로의 열기와 화기를 품었다.

빙한독에 중독됐는데도 이 정도다. 그냥 복용했다면 어떻게 됐을지는 상상도 하고 싶지 않았다.

'빙한독으로 화기를 중화하고, 화기로 빙한독을 해독한다.'

이독제독(以毒制毒).

독을 없애는 데 다른 독을 쓴다 하지 않았는가.

지금 같은 상황에 이보다 알맞은 말이 없었다.

'당가의 독이 무시무시하다고 들었지만, 이 정도일 줄은 몰랐구나.'

만년화리가 흔하게 널려 있는 영물도 아닌데, 그 내단의 화기를 능히 중화할 수 있다는 건 대단했다.

물론 자기 자신의 내공도 필요로 하긴 했지만, 그걸 감안한다 해도 보통이 아니었다.

주서천은 속으로 짐짓 감탄하면서 내기의 운용에 힘썼다.

중도만공 덕에 타기(他氣)도 자기 것처럼 능숙하게 다룰 수 있어, 화기와 빙한기를 완벽히 운용했다.

눈썹에 쌓였던 서리가 사라져 있었다. 몸의 떨림을 더 이상 잡아 둘 필요도 없었다. 꽁꽁 얼어붙었던 혈맥과 기맥도 원래대로 돌아와 다시 순환한다. 뼛속까지 태워 버릴 것만 같던 화기도 없다.

양측 모두 적절하게 섞여 중화된 찌꺼기가 남았다.

이 찌꺼기를 긁어모아 내단에 남은 수기와 적절하게 배합해 순환시켜 단전에 쌓았다.

"……후우!"

숨을 크게 들이쉬면서 내뱉는다.

감았던 눈이 드디어 떠졌다.

빙한독에 창백해지다가 화기에 울긋불긋하면서 온갖 변화를 보였던 낯빛이 드디어 정상을 되찾았다.

"오 년……?"

내공이 증진됐지만, 그렇게 많지는 않았다.

손에 꼽힐 정도로 적은 영물, 만년화리의 내단치고는 확실히 많지는 않다. 하지만 실망하지는 않았다.

애초에 양 같은 건 기대도 하지 않았다. 내단을 섭취한 목적 자체에 내공 증진이 없었다.

'백독불침과 한서불침!'

만년화리의 내단은 불침(不侵) 능력에 쏠았다.

빙한독기도 일부러 몸에 오랫동안 머물게 했다. 화기로 단번에 해독시키지 않았다. 내성을 위해서다.

독에 대한 내성을 높이기 위해선 중독은 필수적이다. 그리고 독이 강할수록 효과를 발휘한다.

원래라면 약한 독부터 시작하는 게 정석이지만, 체내에 내공이 많을 경우 극독으로도 키울 수 있다.

다만 그만큼 몸을 보호해야 하는 내공도 소모된다.

단점도 있다. 원래의 내공을 소모하면 내성력으로 전환되면서 회복이 되지 않을 수 있다.

그래서 내단의 기를 상당 부분 소모했다.

한서불침도 완전히 같지는 않지만 비슷한 원리다.

화기와 한기를 시간을 들여 순환해 내성을 올렸다.

확인을 위해서 시험 삼아 온천으로 돌아갔다.

백독불침은 몰라도 한서불침은 확실했다.

피부가 확 달아오르던 열기가 느껴지기는 했지만, 그뿐이었다. 몸속으로 영향을 주지는 않았다.

원래라면 내공을 소모해서 열기의 침투를 막아야 한다. 그러면 더위를 느끼지 않을 수는 있다. 그 대신 지속적으로 내공을 소모해야 했는데, 이제는 그럴 필요가 없어졌다.

"십팔 세에 백독과 한서 불침이라고? 하하!"

자기 자신이 생각해 봐도 믿기지 않는다. 눈으로 직접 확인하지 않는 이상 헛소리라 치부할 수준이었다.

회귀 이전과 비교해 봤다.

비교조차도 되지 않는다. 그 정도였다.

"그다음은 칠각사인가. 벌써부터 기대되는군."

지긋지긋했던 사천도 이제 안녕이다.

다음 목적지를 향해서 발걸음을 돌렸다.

만년화리가 주서천의 뱃속으로 들어간 지 일주일.

십여 명 정도의 무리가 중량산을 올랐다.

그들은 헤매지 않고 똑바로 걸었다. 산중 깊숙한 곳에 숨어 있는 온천지를 손쉽게 찾아냈다.

"……!"

앞장선 자가 몸을 파르르 떨었다.

처음에 드러난 감정은 당혹감과 황당함이었다.

"이럴 리가……!"

현실을 부정하면서 온천 곳곳을 찾아봤다. 수하들에게 샅샅이 뒤져 보라며 명령을 내렸다.

"여깁니다!"

수하가 팔을 들었다. 한데 안색이 영 좋지 않다.

속으로 제발 그러지 않기를 빌면서 몸을 날렸다.

"쌍!"

욕을 내뱉으면서 고개를 돌렸다. 잘못 본 것이기를 원했다. 그리고 다시 확인해 봤다.

"쌰앙!"

다시 욕이 나왔다.

온천지에서 떨어진 곳, 살점이 뜯겨 나간 팔뚝만 한 크기
의 어류의 뼈가 있었다. 많이 본 모양새다.

"여기에 검상이 남아 있습니다!"

다른 쪽에서도 원치 않은 증거들이 목격됐다. 수면 아래
에 무수히 남은 흔적들이 상황을 증명하고 있다.

필시 누군가가 만년화리를 사냥한 게 분명했다.

혹시 몰라서 흔적을 살펴봤으나, 단순히 검기 다발만 쏘
아 낸 것 같아 어떤 무공인지 파악할 수 없었다.

"누구냐!"

누구냐아!

분노로 가득 찬 목소리가 중량산 전체에 울렸다.

"어떤 도둑놈 새끼가……!"

암천회의 영물을 훔쳐갔느냐!

이 말은 보안상 삼켜야만 했다.

"죽여 버리겠다아아!"

＊　　　＊　　　＊

주서천은 남쪽을 향해서 경공을 펼쳤다.

도중에 마을이 있어도 시간이 아까워 방문하지 않았다. 수면이나 내공의 회복도 어디서든 할 수 있다.

꾸준히 이동한 덕에 얼마 지나지 않아서 운남에 도착할 수 있었다.

날을 세어 보니 하산한 지 아직 한 달밖에 안 됐다.

도중에 일만 없다면 채 한 달도 걸리지 않는다.

말을 타도 이 정도로 빠르지는 않다. 내공이 받쳐 주니 가능한 일이었다.

"음, 운남에 왔으니 간만에 침상에서 자야겠어."

운남의 성도, 곤명(昆明).

삼면이 산으로 둘러싸여 있으며, 그 경관은 중원 오악과 견줘도 부족하지 않을 정도로 빼어나다.

또한 중원에서 여섯 번째로 큰 지호수를 끼고 있어 자연 관광지로도 나름대로 이름이 높다.

그 외에도 춘성(春城) 혹은 화시(花市) 등으로 불리기도 하는데, 사시사철 온난한 기후라서 그렇다. 도시 어디를 가 봐도 꽃이 끊이지 않아, 겉으로 언뜻 보면 평화로 가득 찬 동네였다.

"괜한 소란에 휘말리지 않았으면 하는데……."

하나 곤명, 아니 운남은 중원에서도 귀주 다음가는 분쟁 지역이다. 그 역사는 귀주만큼이나 깊다.

서북으로는 서장이 있고, 서부와 남부로 가면 남만이 나온다. 새외의 침략이 활발했을 때 운남은 조용할 때가 없었고, 국가로서도 무림으로서도 항상 격전지였다.

심지어 동부로는 귀주와 광서가 있다. 귀주는 두말할 것 없으며, 광서는 사도천의 영역이다.

북부의 사천을 제외하곤 오직 적밖에 없었다.

불행 중 다행인 건, 서장이나 남만이 더 이상 중원으로 영역을 확장하지 않으려는 태도였다.

그게 아니었다면 정파 세력은 운남에서 철수했다.

"운남에서부터는 금의상단의 지원을 받을 수 없으니, 돈을 잃어버리지 않도록 잘 간수해야겠어."

운남에는 성하장(星河莊)과 비호표국(飛虎鏢局)이 있어 진출할 수가 없었다. 텃세가 심한 탓이었다.

이 근방의 상권은 전부 이들이 잡고 있다 말해도 과언이 아니다. 한 치의 틈이 없어 파고들 수 없었다.

먼 훗날 금의상단이 운남에 진출하기는 한다. 다만 그때는 전란의 소용돌이가 휩쓸고 지나간 이후였다.

만약 전란으로 인해 이들이 약화되지 않았다면 금의상단의 운남 진출 역시 불가능했다.

"음, 칠각사의 내단을 취하고 시간이 남는다면 점창파에 얼굴이나 비춰 볼까……."

점창산은 운현(云縣) 인근에 있는데, 목적지인 애뇌산(哀牢山)에서 서쪽으로 한나절 거리밖에 안 된다.

물론 경공을 극성으로 펼치는 걸 상정한 경우다.

이튿날. 약간의 아쉬움을 남기면서 곤명을 떠나게 됐다.

느긋하게 구경도 해 볼까 했지만 혼자라서 재미가 반감된다. 다음에는 누군가와 함께하기로 마음먹으면서 나중을 기약했다. 참고로 곤명에서 하루 동안 머무는 동안 희소식을 듣게 됐다.

"얼마 전에 독봉에게서 내기에 승리한 청년에 대해서 기억하는가?"

"화산파의 주서천? 알고 있네. 왜 그러나?"

"내 듣자 하니 사천에 들르기 전에 중경에서 오십에 가까운 녹림도를 일망타진했다고 하더군!"

"아니, 그게 정말인가?"

"암, 정말이고말고. 게다가 산채에 잡혀 있던 인질들을 구하고 산채의 재물들도 나눠 줬다 하네."

"허어, 그것참 대단하군! 협객이야, 협객!"

중경의 녹림도는 이름난 자가 없었다. 대부분이 무명뿐인 산적 나부랭이였다. 그렇다 보니 크게 유명해지지는 않았으나, 그래도 작게나마 명성을 착실하게 쌓고 있었다.

第八章
독혈지옥(毒血地獄)

애뇌산.

산세는 험악하며 계곡이란 계곡은 끝이 안 보일 정도로 깊다.

사계절 내내 밤낮을 구분하지 않고 구름과 안개로만 뒤덮여 있는 봉우리는 언뜻 봐도 높았다.

그리고 그 봉우리와 봉우리 사이에는 험준한 골짜기가 지옥의 입구처럼 입을 쩍 벌리고 있었다.

나뭇가지처럼 뻗쳐 있는 산줄기는 도저히 나이를 알 수 없는 거목들로 뒤덮여 어두컴컴하다.

애뇌산은 죽음의 산으로도 악명이 높다. 험준한 지형도

지형이지만, 산속에 숨은 독물과 맹수 탓이었다.

그중에서도 제일 악명을 떨치는 건, 애뇌산에 있다는 독혈곡(毒血谷)이었다.

독혈곡은 또 다른 세상이기도 하다. 그 안에 무엇이 있는지, 무슨 일이 벌어지는지는 모른다.

고대부터 독혈곡을 정복하려는 시도는 몇 번이나 있었다. 하지만 그 누구도 살아 돌아오지 못했다.

입구만 해도 위험천만한 독물들로 가득했다. 대부분이 입구를 뚫지 못하고 발걸음을 돌렸다.

가끔씩 안까지 들어간 자들이 있었지만, 천운이 따르지 않는 이상 당가의 독인조차 돌아오지 못했다.

이름 모를 생존자에 의하면, 독혈곡 내부에는 그동안 상상하지도 못하는 독물이 도사리고 있다고 한다.

그 위험성 탓에 독혈곡은 관부는 물론이고 무림에서까지 금지(禁地)로 지정됐다.

하나 그 금지에 발을 들이는 자들이 있었다.

점창파 장문인에게는 일곱 명의 제자가 있다. 강호에선 그들을 보고 점창칠공자(點蒼七公子)라 부른다.

장문인의 마지막 제자, 칠공자 단하성은 이승과 지옥을 잇는 입구에 서서 중얼거렸다.

"이 앞이 그 말로만 듣던⋯⋯."

독혈곡!

그 이름만으로도 몸에 잔뜩 힘이 들어간다.

"지금이라도 늦지 않았네."

단하성을 뒤를 돌아봤다. 그 시선 끝에는 삼십여 명의 무사들이 죽음을 각오한 표정을 짓고 있었다.

"내 지금 돌아가도 후에 처벌하지 않을 터이니, 돌아가고 싶으면 돌아가게나."

"아닙니다!"

무사들이 약속이라도 한 듯 동시에 답했다.

"자네들도 독혈곡의 악명은 귀가 닳도록 들었으니 잘 알고 있을 걸세. 이 밑은 지옥이야."

"공자님께서 저희를 거두어 준 순간, 평생을 따르기로 맹세했습니다. 만약 공자님이 도와주시지 않았다면 저희는 이 자리에 서 있을 수 없었을 겁니다."

"⋯⋯."

단하성은 그 말에 눈을 감았다가 떴다. 그의 눈에 비친 것은 결사(決死)의 얼굴을 한 무사들이었다.

"들어가지."

단하성이 삼십 명의 무사를 이끌고 입곡(入谷)했다.

독혈곡의 입구는 이름 그대로 입구다. 안쪽까지의 깊이

가 상당해서 이 각 정도는 꾸준하게 걸어야 했다.

하지만 그 누구도 긴장의 끈을 놓치지 않았다. 자칫 잘못했다간 목숨을 잃는 곳이 독혈곡이다.

안심과 자만은 이곳에서 극독이 된다.

"덥다……."

얼마 걷지도 않았는데 땀이 폭포처럼 쏟아져 내렸다. 머리를 들어 봤지만 가파른 절벽과 거목만 보였다.

햇빛이 내리쬐지 않아 독혈곡 내부는 어두컴컴했다.

"공자님, 이제 곧 독충 지대에 도착할 것 같……."

사각사각사각!

주변에서 나는 기이한 소리에 앞장선 무사가 다음 말을 잇지 못하고 얼어붙었다.

"태세를 정비해라!"

단하성의 표정도 딱딱하게 굳었다. 허리춤의 검을 시원스럽게 뽑아 들면서 무사들에게 경고했다.

"아아악!"

고개가 번개같이 돌아갔다. 좌익에 서 있던 무사가 비명을 내지르면서 땅바닥을 데굴데굴 굴렀다.

다리에 들러붙은 괴기스럽게 생긴 벌레가 보였다. 크기가 성인 남자의 손바닥만 했다.

"독충(毒蟲)!"

독혈곡에서 먹이 사슬의 아래층에 있는 약체지만, 그 대신 물량으로는 제일이었다.

틈만 나면 덤벼 오는 탓에 방심할 수가 없다.

독혈곡에서 제대로 잠을 자지 못하고, 변소에 갈 수 없는 것도 이 독충의 탓이 크다.

"위험…… 크윽!"

단하성은 독충에 물린 무사를 구해 주려고 검을 휘두르려 했으나, 그 행동은 이어지지 못했다.

사각사각사각사각사각!

방금 전까지만 해도 모습은 물론이고 기척 하나 내지 않던 독충들이 파도처럼 쓸려 오면서 나타났다.

검정과 녹색으로 물든 우글우글한 벌레 떼는 그대로 무사를 집어삼켜 포악하게 날뛰었다.

"해독하는 데 얼마 걸리지 않는다고 방심하지 마라! 그 순간 동안 움직임이 둔화된 걸 노리고 덤벼드니까!"

"독충에게 물리지 않도록 해!"

"크아아아악!"

지옥은 이제 막 시작됐다.

"정신 차려!"

*　　*　　*

나뭇가지에서 독충이 떨어져 팔뚝에 올라섰다. 그러곤 입에 달린 집게로 망설임 하나 없이 물었다.

　"아, 귀찮게."

　뿌직!

　손바닥으로 대충 내려쳤다. 독충이 터지면서 피가 튀었다. 피도 그냥 피가 아니다. 독으로 되어 있다.

　백독불침 입장에선 독충의 독은 위험하지 않다. 해독할 것도 없다. 그냥 안 통한다.

　"벌레들이란!"

　성가신 벌레들을 청소하기로 마음먹었다.

　검을 뽑아 들어 검기를 두른다. 주입한 내공의 양은 많지 않았다. 칠각사와의 싸움에 대비해야 한다.

　"사라져라!"

　제자리에서 몸을 빙글 돌았다. 검기가 검풍으로 변해 주변을 슥 훑고 지나갔다.

　바람 속에 숨어 있는 검압(劍壓)이 독충을 짓눌렀다. 그 힘을 버티지 못한 독충들이 죄다 터져 버렸다.

　인근에 있던 수백 마리의 벌레들이 눈 깜짝할 사이에 사라졌다.

　가까스로 살아남은 독충들 또한 충격의 여파가 가시지

않는 듯 몸을 파르르 떨면서 움직이지 못했다.

"성가신 것들도 처리했으니 느긋하게 찾아볼까."

주서천은 검을 늘어뜨리고 천천히 걸었다.

참고로 찾으려는 건 칠각사가 아니다. 그 뿔 달린 뱀은 계곡물을 따라가면 나오는 동굴에 서식한다.

가 본 적은 없지만, 암천회의 도감은 정확하다. 그들은 이미 전부터 지속적으로 독혈곡을 넘나들었다.

새삼 그들의 무서움을 느낄 수 있었다.

"찾았다!"

푸르스름한 잎사귀에 알록달록한 점이 가득한 풀이 보였다. 누가 봐도 독초다.

흙을 손끝으로 파낸다. 뿌리가 다치지는 않을까 싶어 조심하고 또 조심했다.

주서천은 풀을 뿌리까지 전부 캐낸 뒤, 흙을 툭툭 털어낸 다음 입 안에 집어넣었다.

혹시나 독초가 아니라 겉만 화려한 약초일까?

"음, 혀가 얼얼해지는 이 맛…… 독초야!"

아니다.

"잎부터 시작해 뿌리까지 독이 잘 스며들었구나. 이 정도 독이라면 약하지도 않고, 강하지도 않아. 독의 내성을 키우는 데 큰 도움이 될 거야."

독혈곡은 금지지만, 사천당가의 무인들만큼은 이를 무시하고 정기적으로 찾아온다.

독공을 수련하는 자들 입장에선 영약이나 다름없는 것들이 천지에 널려 있기 때문이었다.

다만 당가도 이 이상 깊숙이 들어가지는 못한다. 입구 근처의 독초 정도만 캐고 돌아가는 정도였다.

주서천은 독공을 수련하지는 않았지만, 독초를 내성을 키우는 목적만으로 복용했다.

우물우물.

입 바깥으로 풀이 튀어나왔다. 이빨로 씹다 보니 즙이 나온다. 검푸른 색이어서 보기가 영 안 좋다.

"독초, 독초, 독초……."

눈에 보이는 대로 입에 물었다. 입이 쉴 새 없이 움직였다. 소화가 잘되도록 꼭꼭 씹어 먹었다.

입에 다 담지 못해도 걱정 없었다. 이럴 줄 알고 약초꾼에게 망태기를 돈 주고 사서 챙겨 왔다.

도복 차림에 망태기를 등에 메고, 잎이 삐져나온 독초를 우물거리는 그의 모습은 참으로 해괴했다.

채집에 집중하다 보니 시간 가는 줄 몰랐다.

독혈곡에서는 태양의 위치도 잘 보이지 않으니 시간이 얼마만큼 흘렀는지도 파악할 수가 없었다.

"……?"

체감상으로 한 시진 정도 지난 정도였을까, 흙바닥을 바쁘게 파내던 손이 우뚝 멈췄다.

"비명?"

짐승의 울음소리 같은 건 흔하다. 이젠 질리도록 들어서 별 신경도 쓰이지 않았다.

그러나 방금 전은 달랐다. 짐승의 것이 아니었다.

아아아악!

사람의 것이다.

"이 근방에 있어? 왜?"

초입도 아니다. 맹수와 독물이 우글거리는 곳이다.

사천당가의 고수들조차 이 이상으론 안 들어온다.

아니, 애초에 대부분 독충 떼를 만나 이러지도 저러지도 못하고 돌아간다. 사람이 있을 리 없었다.

아악!

"……!"

눈이 가늘어졌다. 손은 어느새 검에 가 있다.

'누구냐.'

주서천의 얼굴에 긴장감이 묻어났다. 여태껏 단 한 번도 보이지 않았던 살의가 느릿하게 부상한다.

내공을 끌어 올려서 기감을 넓힌다. 제법 거리가 있어 자세히 알 수는 없지만, 무인 여럿이 잡혔다.

'암천회?'

깊숙한 곳까지 올 자들은 별로 없다. 전부터 독혈곡을 제 집처럼 돌아다닌 암천회가 유력했다.

영약만큼 심혈을 기울이진 않았지만, 그래도 독 역시 세상 곳곳을 쑤시고 다니면서 회수해 왔다.

금지로 지정되어 사람의 발길이 끊긴 독혈곡은 독이 필요한 자들에게 보고(寶庫)나 마찬가지였다.

사천당가와는 겹치지 않도록 신경 써서 독초 등을 채집하거나 독물을 사냥해 내단을 취했다.

'보고 오자.'

암천회라면 그들이 떠나기 전까진 몸을 숨길 생각이었다. 괜히 눈에 띄다간 골치만 아프다.

소리가 나지 않도록 조심스레 걷는다. 보폭도 줄이고 체중도 싣지 않았다. 기척도 지우는 데 신경 썼다.

호흡도 자연스레 느려졌다. 남들이 들으면 죽은 것은 아닌지 착각할 수준이다.

"꺼져어엇!"

근원지가 다가오니 갖가지 소리가 들려온다.

근처의 널린 고목의 나뭇가지에 올라 상황 파악에 나섰다.

저 멀리, 이십여 명 정도의 무인들이 등을 맞댄 채 다가

오는 독물들과 격렬하게 싸우는 게 보였다.

잠깐을 살펴보고 있었을까, 그들의 정체를 파악하는 데 오랜 시간은 걸리지 않았다.

'암천회는 아니로군.'

주서천은 안도의 한숨을 속으로만 삼켰다. 칼날처럼 세워졌던 그의 분위기는 한결 부드러워졌다.

저들에게 미안한 말이지만, 독물에게 누군가가 다치는 것까지 확인하고 나서야 판단을 내렸다.

영물, 독물을 사냥하고 영약을 채집해 기록하는 도감부는 암천회에서도 고수가 여럿인 무력 단체다.

그런 자들이 겨우 독충이 주를 이루고, 끽해 봤자 이급 독물에게 저리 당할 거라 생각되지는 않는다.

'그럼 누구지?'

당가의 사람들이 아닌 건 확실했다. 그렇기에 더더욱 이해할 수 없었다.

독혈곡은 길을 잃었다거나, 혹은 실수로 발을 들일 수 있는 어수룩한 장소 따위가 아니다.

금지다 보니 입구 곳곳에 표지판을 세우고, 바위에 검기 등으로 글자를 새겨서 경고해 두었다.

그렇다면 일부러 독혈곡을 찾았다는 건데 머리를 굴려 봐도 이렇다 할 시원스러운 대답이 안 떠올랐다.

'됐다. 일단 도와주자.'

그래도 저들이 정파라는 건 알아봤다.

                    *   *   *

"헉, 허억!"

악몽이었다.

독혈곡은 지옥이었다. 괜히 금지가 아니었다.

수를 셀 수 없는 독충들은 지속적으로 습격해 와 잠시간의 쉴 틈도 주지 않았다.

진입하면 진입할수록 지옥의 농도는 진해졌다.

외부에서 밟아 쉽게 죽일 수 있는 곤충들도 여기에선 크기부터가 남달랐다.

지네나 거미 등을 맨 처음 봤을 때, 예닐곱 살 정도의 어린아이만 한 몸체를 가진 걸 보고 경악했다.

동행 중 누군가 공포에 못 이겨 비명을 질렀지만, 그 누구도 겁쟁이라 손가락질하지 못했다.

자기들 역시 비명을 가까스로 참고 있었으니까.

삼십 명이나 됐던 든든한 무사들도 숫자가 눈에 띄게 줄었다.

문제는 생존자들 전부 다 건강한 건 아니라는 것이다. 개

중에는 내공을 극심히 소모해 지치거나, 중독된 자도 여럿 있었다.

단하성을 따라 남만 정벌까지 따라나설 것 같았던 그 기세는 온데간데없이 사라져 찾을 수 없었다. 몇몇은 겁을 먹고 눈동자를 이리저리 굴려 대며 몸을 떨어 댔다.

사기는 밑바닥까지 내려가고, 피로와 독은 쌓여만 갔다. 쉴 틈이 없으니 피로 누적이 장난이 아니었다.

"으아악!"

지금까지는 독충과 거미, 지네 정도만 상대했다. 더 이상 나오지 않기를 소원했으나 헛된 희망이었다.

허리 높이 정도의 수풀이 갈라지면서 한 번도 본 적 없던 독물이 나타났다.

일단 겉모습만 보자면 당랑(螳螂)이었지만, 독혈곡의 독물 아니랄까 봐 일반적인 모습과는 거리가 멀다.

몸길이는 무려 육 척. 낫이 달린 앞다리는 어떠한 명검보다 예리해서 보는 것만으로도 섬뜩했다.

갑주처럼 단단한 앞다리 사이의 가슴만 노란빛이고, 나머지 몸체는 전체적으로 진한 갈색이다.

"미친!"

무려 육 척이나 되는 당랑. 보고도 믿기지 않았다.

독혈곡의 극한 환경에 살아남으면 독에 영향을 받아 종

(種) 자체에 변화가 일어난다고는 들었다.

그러나 눈앞에 선 당랑은 상식선 자체를 넘었다. 곤충이라기보다는 이제 독물이라는 하나의 종이다.

"공자님, 조심하십시오!"

거당랑(巨螳螂)이 앞발을 휘두른다. 몸집이 있음에도 불구하고 그 속도는 바람과도 같았다.

단하성은 머리를 쪼갤 기세로 내려오는 앞발을 피하기는커녕, 검으로 쳐 냈다.

"무슨!"

불신과 경악으로 가득 찬 외침이 터졌다.

그 눈동자에 비치는 건 검기를 두른 검과 부딪쳤는데도 멀쩡하게 버티고 있는 거당랑의 앞발이었다.

영물은 검기상인에 든 고수도 능히 상대할 수 있다고는 들었지만, 직접 보니 충격적이었다.

샤아아앗!

거당랑이 입에 달린 집게를 비비면서 괴성을 냈다. 이후 낫이 된 앞발이 단하성의 어깻죽지를 노렸다.

"어딜!"

단하성은 어림없다는 듯이 재빨리 움직여 피했다.

순간적인 움직임만큼은 무림에서도 제일이라 평가받는 점창의 상승 무공, 탄현신법(彈絃身法)이다.

"한낱 독물 따위가!"

앞발을 아직 채 회수하지 못해 생긴 틈을 노렸다. 순간 퇴보해서 몸을 뺐다가, 좌측으로 파고들었다.

검을 쥔 손에 힘이 들어간다. 이곳에 와서 죽어 간 자들의 원한을 갚으려는 듯 분노를 불태웠다.

'사일검(射日劍)!'

검이 정면을 향해서 쭉 뻗는다. 육안으로 확인하기도 힘들 정도의 재빠른 찌르기가 거당랑을 노렸다.

푸욱!

검 끝이 거당랑의 입을 정확히 꿰뚫었다. 기분 나쁠 정도의 거무튀튀한 피가 튀어 아래로 흘렀다.

'해냈다!'

단하성은 미소를 머금으며 쾌재를 불렀다.

입 내부를 직접적으로 공격하니 살갗이 손쉽게 갈라졌다. 자그만 뇌에 구멍이 뚫린 것까지 확인했다.

확인 사살을 위해서 검을 수평으로 그었다. 거당랑의 머리가 둘로 나뉘어졌다.

윗부분이 뚜껑처럼 덜렁거리다가 바닥을 굴렀다.

"공자님!"

지켜보던 무사가 환호 대신 비명을 질렀다.

"헉!"

단하성이 기겁하면서 뒤로 물러났다. 방금 전까지 서 있던 곳에 거당랑의 앞발이 내리꽂혔다.

파바바밧!

거당랑이 머리가 날아간 채로 앞발을 연달아 휘두른다. 어째 그 기세가 생전보다 한층 더했다.

"강시라도 되느냐!"

아니, 설사 강시라도 머리가 날아가면 움직이지는 못한다. 당랑이 아니라 괴생물 그 자체였다.

채채챙!

앞발의 날이 우측 사선을 그렸다. 단하성은 상단 치기로 튕겨 냈지만, 순간 몸이 기우뚱했다.

앞발에 실린 일격 하나하나가 대단하다. 실린 힘이 아까보다 늘어났다. 공격도 격렬했다.

겸영(鎌影)이 빗발처럼 솟구치지만, 단하성은 사일검법으로 받아쳤다.

다행히도 점창의 사일검은 극쾌의 검법이다. 거당랑의 공격이 빠르긴 했지만 충분히 받아쳤다.

"끄아아악!"

또 누군가 고통으로 가득 찬 비명을 질렀다. 눈동자를 굴려 확인한 단하성의 얼굴에 패색이 묻어났다.

쩌억!

아까부터 불안해 보였던 무사가 정수리부터 시작해 가랑이까지 베여 통나무처럼 쪼개졌다.

그 단면은 실력 좋은 검수가 벤 것처럼 깔끔했지만, 문제는 그 재주를 보이는 게 독물이라는 점이다.

"안 돼……."

목소리가 절망으로 가득 찼다.

수풀을 헤치며 새로이 등장한 건 거당랑. 그것도 변이종인지 앞발이 무려 네 개나 달렸다.

죽고 싶지 않았다. 살아남아 돌아가고 싶었다. 하지만 어째 희망은 없고 절망만이 남았다.

내공의 회복도 이루어지지 않으니 단하성도 슬슬 지쳐 갔다. 아무리 고수라도 외공 수련을 하지 않은 이상, 내공이 버텨 주지 않는다면 끝이다.

'누가 좀…… 도와줘…….'

단하성 본인도 그게 얼마나 헛된 소리인지 잘 안다. 미치지 않는 이상 독혈곡에 들어올 리가 없다.

독밖에 없는, 도저히 사람이 살아갈 수 없는 이 지옥에 발을 내디딜 자는 없었다.

쐐애애애액!

무저갱처럼 끝이 보이지 않은 암흑에서 빠져나온 절망감이 몸을 묶었다. 순간 검을 쥔 손이 풀렸다.

머리가 날아간 당거랑은 그 틈을 놓치지 않는다.

"아뿔사!"

아니, 애초에 암컷에게 잡아먹히지 않기 위해서 영혼을 받쳐 정사를 하듯이 격렬하게 움직이고 있었다.

그 순간을 조금이라도 허용한 순간 점창의 칠공자의 목숨은 끝난 것과 마찬가지였다.

"날 내버려 두고 모두 도망가⋯⋯라?"

무심코 질끈 감았던 눈을 떴다. 그의 얼굴에는 의아함이 묻어났다.

사람이 죽음을 코앞에 두면 생전의 삶을 떠올린다고 한다.

그리고 그 순간의 시간만큼은 느리게 느껴진다고 들었다. 한데 그것치곤 길어도 너무 길었다.

몸에서 아무런 고통이 느껴지지 않아 이상함을 느껴서 확인해 봤다.

그곳에, 남자의 등이 보였다.

"도감으로만 봤던 거당랑인가⋯⋯."

남자가 신기한 듯이 중얼거리곤 검으로 지면을 툭툭 쳤다.

그러자 방금 전까지만 해도 남아 있던 생명을 불사르던 거다랑이 다섯 조각으로 잘게 쪼개졌다.

"무⋯⋯슨⋯⋯?"

단하성은 지금 이 상황을 이해할 수 없었다. 혹시나 지금 꿈을 꾸고 있는 건 아닌지 의심했다.

모르는 자였다. 목소리도, 뒷모습도 낯선 자였다.

언뜻 보이는 얼굴을 확인했지만 역시 처음이었다.

"당랑이 교미를 할 때, 암컷은 수컷을 잡아먹소."

남자가 자신을 진득하게 괴롭혔던 거당랑의 앞발을 짓밟았다. 낫이 툭 부러지며 피가 바닥에 흐른다.

"그리고 그 암컷은 잡아채기 쉬운 머리부터 먹는다고 하는데, 수컷이 죽기는커녕 그 성행위가 더욱 격렬해진다고 하오."

남자가 정면을 향해 몸을 날렸다. 그 끝에는 새로이 등장했던 거당랑이 '키에엑' 하고 울고 있었다.

거당랑의 앞발이 남자를 노린다. 머리, 어깨, 허벅지, 가슴이었다. 전부 치명상을 입을 수 있는 부위였다.

그러나 남자는 몸을 크게 움직일 필요도 없다는 듯, 몇 걸음만으로 피해 냈다.

"저 보법은!"

단하성은 장문인의 제자다. 그러다 보니 어릴 때부터 구파일방이나 오대세가 등과 교류했다.

남자의 움직임은 익숙했다. 저 발걸음은 언젠가 본 적이 있었다.

"당랑의 머리에는 사람처럼 과한 힘을 써 망가지지 않도록 억제하는 신경이 있다 하오.”

하늘하늘. 매화가 바람을 타고 내려오는 게 연상된다. 그 움직임에서는 여유까지 느껴졌다.

“머리를 날려 버리면 그 신경도 함께 사라져, 힘이나 움직임이 배로 늘어난다고 하더군!”

단하성도 거당랑을 앞에 두고 저런 여유는 부리지 못했다. 그러나 남자는 알고 있어 봤자 쓸모도 없는 정보를 나열하면서 거당랑을 농락한다.

캬아아악!

몸체를 고정할 다리가 없어졌다. 거당랑이 앞발 둘을 써서 쓰러지지 않도록 지탱했다.

그리고 다가오지 말라는 듯 나머지 앞발을 마구잡이로 휘둘러 위협했다.

“그러니 앞으로 당랑을 보면 머리가 아니라 몸 전체를 짓뭉개거나 발로 치십시오!”

남자의 검이 앞발을 벤다. 검기까지 잘 막아 내던 껍질이 두부처럼 허무하게 잘렸다.

“흐랍!”

거당랑이 죽기 직전 살려달라는 듯이 애처롭게 울었다. 남자는 그걸 기합으로 무시하곤 발로 날렸다.

발끝에 잔뜩 실린 공력이 거당랑의 앞발 사이에 있는 가슴을 힘껏 후려쳐 박살 내 버렸다.

끼에에!

거당랑이 힘없이 바닥에 쓰러져 엎어진다. 잘리지 않은 머리에 달린 눈에서 빛이 꺼졌다.

"내 솔직히 꽃향기가 나는 여인이 살려 달라 외치고, 그 틈에 등장해 구해 주는 영웅지와 같은 전개를 조금 기대하기는 했소."

남자가 도저히 이해할 수 없는 헛소리를 지껄였다.

남자는 검에 기를 주입했다. 물처럼 흐르는 푸르스름한 기가 언뜻 보인다. 색을 보니 정파였다.

그래도 사파인이나 마교도, 혹은 혈교도에게 목숨을 빚지는 경우는 피했다.

"아니, 그보다 독충들이 많아도 너무 많은 거 아니야?"

목소리에서 벌레들에게 쌓인 것이 느껴진다. 단하성도 무심코 그 말에 긍정하는 답변을 할 뻔했다.

남자는 짜증으로 일그러진 표정을 지은 채, 검을 전방위로 몇 차례 휘둘러 검풍을 쏟아 냈다.

퍼퍼펑!

눈을 껌뻑이니 백 마리에 가깝던 독충들이 몸이 터져 나갔다. 단하성도 할 수는 있다. 하지만 내공의 소모가 워낙 대단해 쓰지는 않고 있었다.

그래서 내공을 아끼라고 말하려 했지만, 입을 다시 닫았다.

남자는 땀 한 방울 흘리지 않고 검풍을 숨 쉬듯이 쏟아내면서 독충의 학살에 나섰다.

"……."

졸지에 병풍처럼 된 무사들은 아무 말도 하지 않고, 그저 그 압도적인 무위에 입을 떡 벌려 경악했다.

"내, 내가 지금 꿈을 꾸고 있는 건가?"

"중독되어서 환각이라도 보는 건지……."

절체절명의 때, 웬 고수가 나타나선 여태껏 목숨을 위협하던 독물들을 멸종시키듯이 없애 버린다.

워낙 현실감에서 벗어나는 광경인지라 그들이 의심을 하는 것도 이상한 게 아니었다.

캬아앗!

"시끄러워."

이름도 모를 독물이 비명을 지르면서 덤벼들었다. 그런데 남자는 그걸 귀찮다는 듯이 베어 갈랐다.

시산혈해. 시체가 산을 이루고 피가 바다처럼 흘렀다. 그래도 다행인 건 그 시체가 사람의 것이 아니라는 점이다.

이윽고 차가 식을 정도의 시간이 지났다.

단하성과 그를 따라온 무사들은 아직도 눈을 비비면서

믿기지 않은 듯 입을 떡 벌리고 있었다.

그들의 눈앞에는, 여태껏 그들을 괴롭혔던 독물들이 허겁지겁 도망치는 모습과 남자의 뒷모습이 보였다.

"……후우!"

남자가 이제 숨 좀 돌리겠다는 듯 허리에 손을 짚고 한숨을 내쉬었다.

그런데 별로 힘들어 보이지는 않았다. 여전히 땀 한 방울 흘리지 않았다.

"화산파……."

단하성이 남자의 소맷자락에 새겨진 매화를 보고 중얼거렸다. 그의 의아함은 더더욱 깊어졌다.

"도대체 당신은 누구요?"

남자가 대답 대신에 말없이 검을 갈무리했다. 햇살이 들어오지 않음에도 그의 검은 눈부시게 빛났다.

"주서천."

남자, 주서천이 씩 웃었다.

第九章
신궁취미(神弓趣味)

주서천은 근처에 놔둔 망태기를 메고는 아직도 어안이
벙벙한 단하성 일행에게 말을 걸었다.

"화산파의 주서천이요."

주서천이 짧게 소개했다.

"저, 점창파의 단하성이라고 하외다……."

"아! 점창칠공자!"

주서천이 놀란 듯 눈을 동그랗게 떴다.

'아니, 그보다 점창칠공자나 되는 양반이 왜……?'

점창파가 아무리 실전 무학이 발달되었다곤 해도 독을
쓰지는 않는다. 독혈곡에 올 이유가 없었다.

"방금 전에 하오체는 못 들은 것으로 해 주시면 감사하겠습니다. 신분을 몰라 그만 실례했습니다."

"주 대협은 은인이 아닌가. 신경 쓰지 말게."

단하성이 점창칠공자 중 막내라고 해도, 주서천 또래는 아니다. 나이만 언뜻 봐도 삼십 대 초반이었다.

어엿한 강호의 선배이기도 하며, 같은 문파는 아니지만 그래도 장문인의 제자이니 항렬로도 상당하다.

"그리고 은인께 미안하네만, 괜찮다면 안전한 장소까지 호위를 부탁해도 괜찮겠나?"

너무 놀라 넋을 잃고 있었지만, 지금 상황이 그렇게 여유로운 편은 아니다.

서른에 이르던 인원은 그 반절, 열다섯 명밖에 남지 않았다. 또 그중 반이 부상자였다.

식사는 물론이고 수면도 제대로 이루지 못해 다들 하나같이 꼴이 말이 아니었다.

"알겠습니다. 아까 돌아다니다가 쉴 만한 동굴을 발견했었습니다. 따라오시지요."

동굴은 그다지 깊지 않았다. 적어도 안쪽에서 독물이 튀어나올지도 모른다는 불안감에 떨지 않아도 되니 안심할 수 있었다.

단하성 일행은 그제야 안심하면서 쉴 수 있었다.

"목숨을 빚졌네, 주 대협."

단하성이 지혈을 끝내자마자 감사 인사를 전했다.

"아닙니다. 당연한 일을 했을 뿐입니다."

주서천이 괜찮다는 듯이 손사래를 쳤다.

"누군가를 돕는 것은 정파인으로서 당연한 일일지도 모르나, 그걸 행동으로 실현하는 건 쉽지 않지. 무엇보다 이곳은 자기 목숨도 챙기기 힘든 독혈곡이 아닌가? 다시 한번 깊이 감사의 인사를 표하네."

단하성이 호의와 존경을 포권에 담았다.

'영웅지에 나올 법한 인물이로군!'

주서천이 혀를 내두르며 감탄했다.

단하성의 몸짓이나 표정에는 거짓 하나 담겨 있지 않았다. 단순한 인사치레 같은 게 아니었다.

무엇보다 어리고 후배인 자신에게 이렇게까지 고개를 숙일 수 있는 건 결코 쉬운 게 아니다.

"감사합니다, 대협!"

뒤편에서 휴식을 취하고 있던 무사들도 부랴부랴 일어나면서 감사 인사를 전했다.

'으음. 이상한데.'

왠지 모르게 근질거렸다. 같은 무인, 그것도 열 명이 넘는 사람들에게 감사 인사를 받는 건 처음이었다.

'그 반대인 경우는 많았지만…….'

전장에서 생명의 등불이 꺼질 때, 누군가 바람처럼 등장해서 구해 주곤 갔다.

그 뒷모습이 사라지기 전, 허리를 숙이며 감사의 인사를 전하던 게 떠올랐다.

"그나저나, 혹시 독혈곡에 오신 건 주 대협뿐인가?"

단하성의 눈은 묘한 기대로 차 있었다.

"아, 예. 그렇습니다. 저 혼자입니다."

"허어…… 독혈곡에…… 정말로 혼자 왔나?"

단하성이 탄성을 내뱉곤 이해할 수 없다는 듯이 주서천을 쳐다봤다. 마치 '왜 그런 미친 짓을 한 것이냐?'라고 묻는 것 같았다.

"호, 혼자가 뭐가 나쁩니까."

괜히 순간 울컥해서 말까지 더듬었다.

회귀 이전부터 혼자서 언제나 밥을 먹고, 수련하고, 공부하고, 싸우다가 죽어 간 생이 스치고 지나갔다.

"확실히 주 대협의 무위를 보니 괜한 걱정이라고 할 수도 있겠지만, 독혈곡은 무림에서도 금지로 지정할 만큼 무시무시한 곳인 건 잘 알고 있지 않나. 조금이라도 자만하였다간 목숨이 위험하니, 그러한 마음가짐은 버리게나."

단하성이 진지한 얼굴로 걱정해 줬다.

"……."

주서천은 괜히 아프고 쓸쓸한 기억에 울컥한 자신을 부끄럽게 여기면서 입을 다물었다.

괜히 여기서 방금 전 일을 말하면 구차해질 것 같아서다.

"크흐흠! 감사합니다."

"보아하니 수선행인 것 같은데…… 독혈곡까진 대체 어언 일로……?"

"독물들을 상대로 살아남아 제 강함을 증명하고 싶어서 왔습니다."

독혈곡의 방문자 중에는 가끔씩 이런 부류가 있다.

그중 반이 사망하고, 반은 초입에서 되돌아간다.

칠각사의 내단을 취하러 왔다고 할 수는 없다. 괜한 욕심 탓에 싸움을 불러일으킬 수도 있었다.

단하성도 다행히 별 의심하지 않고 수긍했다.

"주 대협. 만약 독혈곡에서 나가지 않을 생각이라면…… 목숨까지 빚진 입장으로선 염치 불고하나, 부탁을 청해도 괜찮겠나?"

"부탁이라면 어떤……?"

"부디 우리와 함께 칠각사라는 영물을 사냥해 줬으면 하네."

'……!'

하마터면 입 바깥으로 헉 소리를 낼 뻔했다.

'칠각사라고?'

자신이 알고 있는 한 칠각사에 대해 알고 있는 개인이나 단체는 암천회뿐이었다. 그런데 점창파의 무인, 단하성에게 들으니 놀라지 않을 수 없었다.

머릿속 한구석에서 이들이 실은 점창파가 아닌 암천회일지도 모른다는 가능성이 스쳐 지나가기는 했다.

하지만 그 가능성은 금세 묻혔다. 역시 암천회치곤 다들 허술하거나 약한 탓이었다.

무엇보다 장문인의 제자 정도 되는 자가 암천회의 일원이었다면 전생에서 거론이 되지 않을 리 없었다.

"의아한 것이 한두 가지가 아닐 걸세. 자세한 걸 이야기해 주지."

단하성이 예상했다는 듯이 말했다.

"먼저, 주 대협은 나에 대해 얼마나 알고 있나?"

"음……."

주서천은 대답하지 못하고 곤란한 표정을 지었다.

그러자 단하성이 쓴웃음을 흘렸다.

"괜찮네. 점창칠공자의 막내라는 것을 제외하곤 아는 것이 없을 걸세. 그게 정상이야."

전생에서도 현생에서도 마찬가지다. 단하성에 대해 알고 있는 건 별로 없다.

언젠가 죽었다는 소식 정도는 들은 적이 있었는데, 그 시기도 정확하게 기억은 나지 않는다.

"나 단하성은 점창파 장문인의 제자인 동시에 성하장 장주(莊主)의 아들이기도 하네."

아무렇지 않은 얼굴로 충격적인 소식을 알려 줬다.

"허어……."

전혀 예상하지 못했다.

"조금 긴 이야기가 될 것 같다만, 괜찮겠나?"

"저야 괜찮으나…… 칠공자야말로 이야기해 줘도 괜찮겠습니까?"

"자네는 내 생명의 은인이 아닌가. 무엇보다 도움을 청하는 입장에선 사정 정도야 말해야 할 것 같네."

당가가 정파답지 않은 오대세가라면, 점창파는 정파답지 않은 구파일방이다.

점창파는 종남파와 나란히 도가 문파나 세속적인 성향이 눈에 띄는 대문파이기도 했다.

서장, 남만, 귀주와 광서를 주변에 둔 운남의 분쟁지 특성 탓에 실전적인 무학이 가미되어 발전하고 거듭됐기 때문이었다.

어쨌거나 점창파는 이러한 분쟁과 역사를 함께했다고 해도 과언이 아닌데, 이게 문제였다.

분쟁, 곧 전쟁은 돈이 든다. 결코 적지 않은 돈이다. 그리고 싸움이 끝나도 문제였다.

피해를 복구하는 데 소비되는 돈이 장난이 아니다. 이렇다 보니 점창파의 재정은 일찍이 문제가 됐다.

"점창파가 재정 상태로 골머리를 썩이고 있을 무렵, 성하장이 접근해 어떠한 제한을 했지."

대충 예상이 갔다.

"장주의 핏줄을 장문인의 제자로 삼아 달라. 즉, 점창파의 무공과 비호를 원한 거지."

성하장이 아무리 비호표국을 동시에 운영하고, 운남의 상권을 독점하고 있다 해도 상인일 뿐이다.

그들에게는 성하장과 그 재산을 지킬 힘이 필요했다. 표국의 힘으로는 부족한 감이 있었다.

표사들 중에서 고수도 몇 없는 데다가, 그들조차 외부에서 낭인처럼 고용해 데려왔을 뿐이었다.

보다 확실하고 신뢰가 갈 고수와 힘이 필요했다.

구파일방의 점창파!

이 얼마나 확실한 보증인가!

"점창파는 이를 받아들이는 대신, 세 가지 조항을 넣어 두었네. 첫째로 장문인의 제자가 될 수 있는 건 한 명이요, 둘째로는 본인 외에게 무공을 함부로 발설할 수 없도록 그에 관한 금제를 걸어 두는 것이었지. 셋째는 이 사실을 되도록 함구해 달라는 것일세. 왜 그런지는 자네도 알 걸세."

첫째나 둘째는 두말할 것 없이 당연한 일이고, 세 번째의 경우에는 강호 무림의 비난을 두려워해서다.

점창파와 성하장의 관계에 막말을 좀 섞자면, 절기인 무공을 돈을 받고 판매한 것이 된다.

아무리 점창파가 실전적 무학이 발달된 탓에 그 사고방식이 정파답지 않게 유연하다곤 해도, 이와 같은 행위를 한다면 무림 문파의 모멸 어린 시선을 받는다.

금(金)으로 무(武)를 산다는 건 정파 무림에서도 혐오하는 행위다. 제한을 걸어 두기는 했지만, 그렇다 할지라도 결코 좋은 시선을 받을 수는 없었다.

사파에서조차 '절기를 팔아야 할 정도로 점창의 위세가 그리 떨어졌나?'라면서 비웃음을 받는다.

그렇기에 점창파는 이 일이 되도록 알려지지 않도록 함구령을 내리고 소문이 퍼지는 걸 막았다.

"이렇게 중요한 사실을 저에게 가르쳐 주셔도 정말로 괜찮겠습니까?"

"……그리고 이 사실은 점창칠공자인 내 사형들도 잘 알고 있다네."

단하성은 주서천의 질문에 대답하지 않았다.

"사형들이 나에 대해 어떻게 생각하는지, 한번 맞춰 보겠나?"

"……음."

주서천은 대답 대신 침음을 흘렸다. 단하성의 어두운 표정을 보아하니 대충이나마 예상이 갔다.

"어쩌다 운이 좋아 장문인의 제자가 된 부잣집 도련님, 그리고 점창의 치부. 그것뿐일세."

단하성이 씁쓸하게 웃었다.

"날 따스하게 감싸 주고 응원할 가족이라도 있으면 좋겠으나, 그런 것도 아닌지라 버티기가 힘들더군."

좀 더 복잡한 사정이 있는 것 같아 보였다.

"어쨌거나, 나는 사형들에게 부디 점창파의 한 사람의 무인으로서 인정받고 싶었어. 그래서 이곳, 지옥이라 칭해지는 독혈곡에 칠각사를 사냥하러 왔네."

"혹시 칠각사라는 건……."

"이런, 내 정신 좀 봐…… 칠각사의 사냥을 도와 달라 했으나 이야기하지 않았군."

단하성이 미안하다는 듯이 웃으며 뒤통수를 긁적였다.

"독혈곡이 아직 금지로 정해지기 전의 일이지만, 한때

본 파의 무인들이 독혈곡으로 토벌행을 떠난 적이 있었네. 그때 일곱 개의 뿔이 달린 뱀과 만났다고 하는데, 전해지는 바에 의하면 강기로도 벨 수 없었다고 하더군.”

'과연, 점창파도 알고 있었던 건가.'

이상한 건 아니다. 점창산과 애뇌산은 가깝다.

심마니 등이 출입했다가 수도 없이 사고를 당해 문제가 생긴다면 자연히 점창파가 반응할 수밖에 없다.

무력으로 누군가를 돕고, 문제는 해결한다면 자연히 점창파의 명성도 오른다.

무엇보다 독물들을 처리해서 북쪽에 있는 사천당가에게 넘긴다면 부족한 재정도 채울 수 있으니까.

“그 뿔로 무기를 만들 수 있다고 하면 천하에 손꼽히는 보검이나 명검이 탄생할지도 모른다고 하더군. 그 전설을 확인하고, 칠각사를 사냥한다면 사형들도 분명 나를 진정한 점창칠공자로 인정할 걸세.”

'틀린 말은 아니기는 한데······.'

뿔도 부수적으로 챙길 생각이었다. 칠각사는 내단도 대단하지만 뿔도 무기의 재료로써 가치가 높았다.

'단하성. 인성도 나쁘지 않고 아까 언뜻 보니 무공도 그럭저럭 높았다. 배경은 두말할 것도 없지. 그런데도 그다지 유명하지 않은 건, 점창파에서 치부로 여기고 숨긴 탓이었

던가.'

그의 사정이 그린 듯이 머릿속에 떠올랐다.

'그리고 미래에서도 그 이름이 알려지지 않은 건…….'

아까 그곳에서 죽을 운명이었을 것이리라.

"물에 빠진 사람을 구해 줬더니 보따리 내놓으라는 격이네만, 염치 불고하게도 부탁하겠네. 내 이 은혜는 결코 잊지 않고 갚는다고 맹세하지!"

단하성이 간곡한 목소리로 말했다.

"알겠습니다. 도와 드리죠."

주서천이 고민하지 않고 즉답했다.

"저, 정말인가?"

단하성이 즉답에 놀랐다. 믿기지 않는 표정이었다.

다른 무사들 역시 마찬가지였다.

"내 다시 한 번 말하네만…… 이 안쪽은 아마 더더욱 지옥일 걸세. 독충과는 비교도 하지 못할 정도로의 독물들이 바글거리고, 칠각사 역시 대단한 영물이야."

"뿔만 강기가 통하지 않는다고 하지 않았습니까? 그렇다면 괜찮습니다. 또 이 정도 인원이 있으니 어떻게든 해 볼수 있을 겁니다."

'……끄응!'

단하성은 양심이 찔렸다. 마음 같아선 자신과 함께 온 무사들이 그렇게까지 큰 도움은 되지 못할 것 같다고 솔직히 고하고 싶었다.

하지만 그렇게 되면 이 젊은 화산의 고수가 돌아갈지도 모른다. 지금은 한 명이라도 전력이 필요했다.

결국 저울은 양심보다는 인정받고 싶다는 마음 쪽으로 기울었다.

'미안하네.'

단하성은 아직 살아남은 열다섯 명의 무사들을 책임져서 함께 돌아가고 싶었다.

그러기 위해서는 눈앞에 있는 청년의 도움이 필요했다. 현실이라는 어쩔 수 없는 상황에 양심을 내려 두었다.

은인을 사지로 모는 것에 떠오르는 죄책감 역시 한쪽 구석에 잠재웠다.

"그럼 잘 부탁함세."

* * *

다들 잠이 부족해 돌아가면서 자기로 했다. 그동안 서로 간략하게 소개하는 등의 대화를 나누었다.

대화를 통해서 단하성이 올해 서른한 살로, 절정의 고수라는 걸 알 수 있었다.

"그나저나, 아까 자네는 내공을 상당히 소모한 것 같았는데 지친 기색 하나 안 보이는군그래."

"제가 이래 봬도 한때 내공의 주서천이라 불렸습니다."

그렇게 불린 적 없다.

"미안하군. 내가 수련에만 힘을 쓰다 보니 강호의 사정에는 그다지 밝지 않아 잘 모르네."

단하성은 점창파에 입문하자마자 사형들에게 박해를 받았다. 인정받고 싶은 마음과 노력의 기간은 제법 오래됐다. 그러니 주서천을 모르는 것도 이상하지 않다.

무엇보다 삼안신투의 비고 탓에 한때 반짝였던 그 이름은 금세 묻히지 않았는가. 떠오르지 못하는 게 정상이었다. 최근 당혜와의 내기 비무의 경우도 독혈곡으로 정신이 쏠렸으니 모를 수밖에 없었다.

"괜찮습니다. 그나저나, 칠각사의 뿔은 혹시 얼마나 가져가야 합니까?"

"하나라도 가져갈 수 있다면 다행이지. 솔직히 사냥한다고 했지만, 칠각사를 죽이기는 힘들 걸세."

"하오면……?"

"뿔은 강기로도 자를 수 없지만, 비늘이나 살점은 그렇지 않지. 그러니 뿔과 함께 살을 통째로 뜯어내, 전력으로 도망쳐야 하네."

"그렇다면, 나머지 뿔은 제가 가져도 됩니까?"

원래 칠각사의 뿔은 내단 다음으로 겸사겸사 챙길 생각이었다.

"할 수 있다면 해 보게나. 가능하다면 내 것만 제외하고 전부 가져가도 좋네."

단하성이 헛웃음을 흘렸다.

'할 일이 정말로 많군.'

칠각사의 뿔의 처리도 그렇고, 흉마의 무덤으로 인한 칠검전쟁 이후 할 일이 산더미처럼 쌓였다.

주서천은 요 몇 년 동안 세웠던 계획 등을 다시 머릿속 한구석에 박아 둔 다음에 발걸음을 옮겼다.

"독충입니다."

주서천이 검을 가로로 부욱 휘둘렀다.

파—아앙!

길게 늘어지는 파공음이 터지면서 검풍이 주변을 휩쓸었다. 근처의 독충들이 검압에 터졌다.

캬르르르!

수풀을 헤치고 누가 봐도 기형종인 독물들이 튀어나왔다. 지네, 나방, 거미 등 종류도 여럿이다.

"칠공자께서는 수비에 신경 써 주십시오."

"단 공자면 되네. 정말로 그걸로 괜찮겠는가?"

단하성이 독지네를 양단하곤 물었다.

"네, 내공을 아끼십시오. 성하장의 무사들 역시 마찬가지입니다. 웬만하면 앞으로 나서지 마십시오."

이류에서 일류 수준의 무사들은 점창파의 제자가 아니었다. 단하성에게 거둬진 성하장의 무사였다.

"저 대신 망태기나 챙겨 주십시오."

독초를 우물거리면서 몸을 날렸다.

숨을 거칠게 쉬지도 않았고, 기합을 내뱉지도 않았다. 그저 말없이 묵묵하게 검을 휘둘렀다.

단하성 일행들을 질겁하게 만들었던 독물들은 별 힘도 내지 못하고 주서천의 검에 쓰러져 나갔다.

그 숫자가 이미 세 자릿수를 넘어, 그 경이로운 무공에 성하장의 무사들은 경악을 금치 못했다.

'약관도 되지 않은 나이에 저 정도의 무공이라니!'

아까 전 자신들을 소개할 때 주서천에 대해서도 들었다. 처음 그 연령을 들었을 때 귀를 의심했다.

단하성 자신과 동수, 혹은 그 이상의 고수로 보이는 그가 약관도 되지 않았다는 것에 입을 떡 벌렸다.

구파일방뿐만 아니라, 전 무림을 뒤져 봐도 저 정도 실력에 열여덟 살은 존재하지 않는다.

"이보게, 주 대협. 혹시 실례가 되지 않는다면 스승의 존함을 알 수 있겠나?"

주서천의 강함을 보니 일반 제자는 아닐 것 같았다.

단하성의 머릿속에는 화산오장로와 매화검수, 그리고 상천십좌 검선 우일문이 스쳐 지나갔다.

"네. 사부님의 존함은 유 자, 정 자, 목 자입니다."

"아, 소유검 말인가……."

단하성이 아는 체를 했다. 다만 그 표정이 미묘했다.

'소유검을 모르는 건 아니지만…….'

원래는 무명에 가까운 이름이었지만, 몇 년 전에 나타나 갑작스레 여러 활약을 한 화산의 고수다.

강호에 눈이 어두운 단하성조차 익히 듣기는 했지만, 예상했던 것과는 다른 사람이 튀어나왔다.

툭 까놓고 말하자면, 주서천처럼 대단한 제자를 배출하기에는 그렇게까지 대단한 위인은 아니었다.

"천하제일인이 되실 겁니다. 지금 이름 잘 기억해 놓고 나중에 가서 인사라도 하는 걸 추천합니다."

주서천이 코를 우뚝 세웠다. 자부심으로 가득한 얼굴이었다.

'아! 내가 무슨 생각을 한 것인가! 은인이 저리 존경하는 스승이 대단하지 않다고 폄하하다니!'

단하성은 양심인이다. 정파인 중에서도 청렴한 편이었다.

보통 집안이 좋거나 대문파의 제자면 안하무인으로 자라기 마련인데, 그러한 점이 하나도 없었다.

사문에서 사형들에게 따돌림과 모멸 어린 시선을 받는데도 올바르게 성장했다. 괜히 그를 따르는 무사들이 목숨까지 걸었던 게 아니다.

"미안하네, 주 대협. 내 잠시 동안 자네의 스승을 대단하지 않다고 여기고 있었네. 우리를 구해 주고, 무공까지 대단한 사람의 스승이 별 볼 일 없을 리가 없지. 은인의 스승을 폄하하다니, 날 용서하지 말게나."

단하성이 싸우다 말고 허리 숙여 인사했다.

"고, 공자님!"

근처에 있던 무사가 기겁하면서 그의 곁으로 다가오는 독물을 막는 데 힘썼다.

주서천이 그걸 보고 혀를 찼다.

'저거 순 미친놈 아니야? 저러니까 일찍 죽지.'

인정받는다면서 독혈곡에 들어왔을 때부터 알아봤다.

"괜찮습니다. 정 미안하면 나중에 저 좀 많이 도와주십시오. 배은망덕한 마교도나 사도천 놈들처럼 잊으시지만 않으면 됩니다. 하하."

은근슬쩍 정파의 체면을 이용했다.

이것이 화산오장로 시절에 눈치 보며 배웠던 정치!

"그럼 다시 앞으로 집중하겠습니다."

좀 더 잡담을 하는 것도 괜찮지만, 그럴 만한 상황과 장소가 아니다. 주서천 장본인은 예외였지만 다른 이들이 그러지 못했다.

'누군가를 지켜 가며 싸우는 것은 생각보다 힘들군.'

전생에서는 그 반대였다. 어떤 영웅이나 고수에게 도움과 지원을 받았다.

동문의 제자들과 함께 싸운 적은 여러 번 있긴 했지만, 누군가를 지켜 본 적은 단 한 번도 없었다.

하지만 이번 경험을 통해 누군가를 지키기 위해서는 보다 큰 힘과 정신이 필요하다는 걸 깨닫게 됐다.

"후우, 그럼 숫자가 좀 줄었으니까……."

시간이 점차 흐르자 독물들도 눈에 띄게 없어졌다.

주서천의 검에 추풍낙엽처럼 쓰러진 것도 있지만, 그의 강함에 질려 도망친 독물들도 많았다.

원래 생물, 특히 동물들은 본능에 의지한다. 직감적으로 주서천이 강자라는 걸 깨닫고 다가가지 않았다.

여유가 좀 생기자, 검이 아니라 활을 쓸 수 있게 됐다. 망태에 넣어 둔 활과 화살을 꺼내 착용했다.

"이보게, 주 대협. 설마 그걸 쓸 생각인가?"

"예. 취미입니다."

주서천이 시위에 화살을 걸며 답했다.

"아니, 아무리 독물들이 줄었다고 하지만 그런 장난을 할 정도로의 여유는……."

파앗!

단하성의 말이 끝나기 무섭게 화살이 쏘아져 나갔다. 일반적인 화살이 아니다. 공력을 담은 화살이다.

뾰족하게 모인 화살촉은 대기에 커다란 구멍을 내고는 어린아이만 한 크기의 독거미를 노렸다.

콰지직!

"끽!"

독거미가 외마디 비명을 흘렸다. 다리가 이어진 몸통부터 시작해 머리통에 커다란 구멍이 생겼다.

"……."

장난?

단하성이 입을 꾹 다물었다. 다른 무사들도 할 말을 잃었다.

'화, 화산파에 궁공이 있었나……?'

이마에 식은땀이 송골송골 맺혔다.

화살에 공력을 담는 건 무인이라면 누구나 할 수 있다. 하지만 그래 봤자 속력과 파괴력을 조금 늘리는 정도다.

저런 재주, 아니 능력을 보이는 건 불가능했다.

"취미일 뿐입니다. 취미요."

중요하니 두 번 말했다.

검과 활을 교대하듯이 사용하면서, 독혈곡을 쑤시고 다녔다. 성하장 무사에게 독초의 채집을 부탁했다.

"화산파의 도사는 요즘 독초까지 씹어 먹는 건가?"

"내 알기론 독혈곡의 독초가 하나같이 약하지 않다고 들었는데…… 설마 독초가 아닌 건가?"

"잎에 새겨진 저 화려한 무늬를 봐. 저게 독초가 아니라면 내 손에 장을 지진다."

"죽고 싶지 않으면 손도 대지 않는 게 좋을 거야. 나는 조부님이 심마니셔서 어릴 적에 종종 따라가서 독초와 약초를 구별해 봤는데, 이 독혈곡에서 약초…… 아니, 식용으로 할 수 있는 것조차 없다고."

성하장 무사들은 주서천의 기행에 수군거렸다.

단하성도 궁금함을 참지 못하고 물었다.

"이보게, 주 대협. 독초는 대체 왜 씹는 건가?"

"독인들은 일부러 중독되어 독에 대한 내성을 높인다고 하지 않습니까. 그래서 하고 있습니다."

"……아니, 그게…… 무슨…… 가능한 말인가?"

단하성이 너무 황당한 나머지 말을 잇지 못했다.

확실히 독인의 수련 방법이 그렇다는 건 들었다. 하지만 그건 어디까지나 독공을 수련한 자에 한해서다.

그런데 도가 무학 중에서도 정통에 속하는 화산파의 제자는 당연히 할 수 없다.

그런데 얼굴색을 보아하니 그건 또 아니다. 독에 대해 내성이 있는 건 맞다. 생각할수록 복잡해졌다.

눈앞에서 상식에서 벗어난 일이 벌어지고 있으니, 머리가 따라가 주지 않는다.

"단 공자. 독공 수련해 보셨습니까?"

"아니…… 그런 적은…… 없네……."

"안 해 봤으면 말을 하지 마십시오."

"……."

할 말을 잃었다.

"그보다 지금 이럴 때가 아닙니다. 이 근처의 분위기가 심상치 않군요."

확실히 그 말대로였다. 어딜 가던 끊임없이 나타나던 독충이 한 마리도 보이지 않는다.

"보통 이럴 때는 이 주변에……."

우르릉!

말이 무섭게 땅이 크게 흔들리면서 굉음이 들렸다.

第十章
독마말흔(毒魔末痕)

　칠각사는 얼마 전에 위장을 채워 기분 좋은 배부름으로 잠을 자고 있었다. 하지만 방금 전, 침입자가 자신의 영역 안으로 들어와 잠에서 깨 버렸다.

　감히 자신의 영역 안에 겁도 없이 들어온 것도 모자라, 기분 좋은 잠을 방해하다니!

　칠각사는 치밀어 오르는 분노에 무거운 몸뚱어리를 이끌었다.

　그 몸이 쓸려 나갈 때마다 바닥이 진흙처럼 뭉개지고, 천장에 달린 종유석이 우수수 떨어졌다.

　크고 작은 종유석들은 칠각사의 몸체에 약간의 흠집만

남겨 놓고 박살 나 버렸다.

쏴아아아.

매끄럽고 거무튀튀한 녹색을 띠는 비늘이 바닥에 쓸릴 때마다, 인근의 서식지에서 독물들이 바짝 긴장했다. 독혈곡의 포식자의 등장에 몸을 벌벌 떨었다.

"크군!"

주서천은 동굴 입구 부근, 잿빛으로 물든 암반 지대에 서서 짐짓 감탄했다.

이 근처는 독혈곡에서 봐 왔던 광경과 사뭇 달랐다.

죽어 버리고 없는 나무뿌리가 언뜻 보이긴 했지만, 칠각사가 밟고 지나갔는지 죄다 뭉개져 있었다.

너무 울창한 나머지 햇빛을 가리는 수풀 대신, 동굴을 둘러싼 가파른 절벽과 암벽들이 있었다.

"하지만 지금은 제 점심이죠."

주서천이 명검, 예한을 뽑아 들었다. 그 목소리에는 광기도, 공포도 없었다.

"히, 히이익!"

성하장의 무사들이 칠각사를 보고 기겁했다.

"허어…… 이것이…… 칠각사인가……."

단하성도 놀라움을 감출 수 없었다. 눈을 크게 뜨고, 탄성과 함께 말꼬리를 흐렸다.

말로는 들었지만 이렇게 두 눈으로 직접 확인하고, 몸으로 느끼니 압박감이 보통이 아니었다.

샤아아악…….

칠각사가 두 갈래로 갈라진 혓바닥의 진퇴를 반복하면서 눈앞에 있는 인간들을 노려보았다.

금강석 모양의 비늘 사이에 위치한 샛노란 눈동자는 보는 것만으로 몸이 절로 경련했다.

"정신 차리십시오!"

주서천이 내공을 담아 소리쳤다. 정순한 내공이 성하장 무사들의 고막과 뇌를 후려쳤다.

"으음!"

공격하려고 목소리에 내공을 담은 게 아니다. 칠각사의 울음소리에 전신이 마비되는 걸 피하기 위함이었다. 이런 건 소림사의 사자후가 좀 더 뛰어난 효능을 보이긴 하지만, 이건 이거대로 통하기는 한다.

"작전대로 갑니다!"

주서천이 먼저 몸을 날렸다. 칠각사 영역에 들어올 때, 간단하지만 어떻게 싸울지 의견을 교환했다.

"정말로 혼자서 미끼가 될 생각인가…… 담이 큰 건지, 아니면 겁이 없는 건지……!"

단하성이 감탄을 금치 못하면서도 움직였다. 성하장 무

사들을 지휘하면서 칠각사의 사냥에 나섰다.

"하아앗!"

칠각사가 동굴에서 다 나오기 전, 주서천이 먼저 그 몸으로 파고들어 가 꼬리에 붙어 검을 휘둘렀다.

예한 덕에 더더욱 매섭게 변한 검기가 밑바닥부터 시작해 그 위로 선을 긋는다.

푸슈슈슛!

검이 지나간 곳에는 혈선이 남았다. 순간 핏방울이 튀었나 싶더니, 이윽고 분수처럼 위로 솟구쳤다.

"됐어!"

성하장 무사가 환호했다. 그들의 얼굴에 희망이 감돌았다.

'얕았다.'

정작 주서천의 낯빛은 그다지 밝지 않았다.

원래는 몸체를 동강 낼 생각이었다. 공력도 상당히 냈다. 그런데 반도 자르지 못했다. 뿔만 단단한 줄 알았는데, 비늘의 강도도 보통이 아니다. 생각 이상으로 단단했다.

샤아아악!

칠각사가 몸체를 비틀었다. 육중한 무게를 자랑하는 꼬리가 떠올라 주서천을 덮친다.

휙!

주서천이 몸을 던져 앞을 굴렀다. 정파인이 죽기보다 펼치기 싫어한다는 나려타곤(懶驢打滾)이다.

하지만 개똥같이 굴러도 이승이 나은 법. 등 위로 칠각사의 꼬리가 스치고 지나가는 건 섬뜩했다.

"어딜!"

도복이 흙투성이가 됐지만, 신경 쓰지 않는다. 구르자마자 일어나서 앞으로 달린다. 목표는 칠각사다.

주서천은 도망가기는커녕, 땅을 박차고 뛰어올라 칠각사의 몸에 가볍게 착지했다.

곧이어 몸체를 박차곤 힘껏 내디뎠다. 용천혈에서 내공이 흘러나와 추진력에 힘을 가했다.

칠각사가 이변을 눈치채고 몸을 흔들 무렵, 주서천은 이미 분화구처럼 솟은 머리에 도착했다.

"후읍!"

그대로 숨을 들이쉬면서 검을 힘껏 내리꽂는다. 검 끝이 비늘의 틈 사이로 껴들어 살을 파고들었다.

"캬아아아악!"

아가리가 절로 쩍 벌어지면서 비명이 터져 나왔다.

오직 고통밖에 느끼지 않는 울음소리였다.

칠각사는 생전 처음으로 겪어 보는 과한 고통을 버티지 못하고 몸을 마구 뒤틀면서 괴로워했다.

쿵! 쿵!

몸이 벽면에 부딪힐 때마다 동굴이 크게 흔들렸다.

충격을 이기지 못하고 무너지는 건 순식간이었다.

얼마 남지 않았던 종유석들이 하나둘 떨어지는 걸 시작으로, 천장 자체가 무너져 내렸다.

샤아악!

칠각사가 생명의 위협을 느끼면서 빠져나오려 했다.

"막아!"

주서천이 외쳤다. 급박한 상황에 경칭이 생략됐다.

"알겠네!"

단하성이 선두로 성하장 무사들이 따랐다. 그들은 칠각사가 빠져나오지 못하도록 입구를 둘러쌌다.

"막앗!"

"어딜!"

동굴 자체는 칠각사의 몸체를 수용할 수 있었지만, 또 그렇게까지 여유가 남는 정도는 아니었다.

무엇보다 지금 칠각사는 사냥감을 체내에 저장한 상태인지라 몸이 부풀어 올랐다. 몸이 겨우 동굴에서 빠져나오는 수준이었는데, 날뛰느라 그만 동굴이 무너져 머리만 겨우 내밀 수밖에 없었다.

평소와 같았더라면 눈앞에 인간들을 무시하고 빠져나왔겠지만, 몸 위를 짓누르는 잔해가 방해됐다.

"하나!"

주서천이 그 틈을 타 검을 박은 채로 움직였다.

우뚝 솟은 뿔을 주변으로 원을 그린다. 검이 지나간 곳에는 기다란 혈선이 남았다.

그리고 원을 완성했을 때, 검을 깊숙이 박아 두곤 지렛대로 삼아 힘껏 힘을 줘서 들어 올렸다.

푸화아악!

성인 남성만 한 높이의 뿔이 살점과 비늘을 주렁주렁 달고 뜯겨져 나갔다.

"키에에에에에엑!"

칠각사가 유례없던 비명을 터뜨렸다. 고막이 '웅웅' 하고 떨려 왔다. 무사들이 무심코 균형을 잃었다.

"히히, 뿔이다!"

주서천이 히죽 웃으면서 뿔을 후려쳤다.

칠각사의 샛노란 눈동자에 지면을 구르는 뿔이 비춰졌다. 난생처음으로 자신의 뿔을 본 칠각사였다.

샤아아악!

감히! 감히!

신체의 일부를 잃은 칠각사의 분노는 결코 작지 않았다. 부모를 살해당한 것처럼 사납게 울어 댔다.

그 몸에서 독혈곡의 맹수들조차 움츠러들게 만드는 살의

가 뿜어져 나왔다.

"허억!"

성하장 무사 중 몇몇이 압도되어 온몸이 마비됐다.

칠각사가 그 틈을 노리고 아가리를 쩍 벌렸다.

"네 이놈! 누굴 노리느냐!"

단하성이 폭풍처럼 몰아치는 살의에도 아랑곳하지 않고 나서서 사일검법을 펼쳤다. 눈부실 정도로의 빠르기, 과연 쾌검으로 이름 높은 검법이었다.

푸욱!

칠각사의 혀 밑바닥에 단하성의 검이 박혔다.

"키에엑!"

다시 한 번 고통스러운 비명이 터졌고, 그 머리통을 위로 치켜들었다.

단하성은 끌려가지 않기 위해 꽂힌 검을 빼내곤 공중에서 제비를 돌아 착지했다.

"웃차!"

칠각사가 발버둥 치면서 머리를 마구 흔들었으나, 주서천은 용케 떨어지지 않고 잘만 버텼다.

심지어 검을 빼낸 뒤, 칠각사의 비늘을 꽉 잡곤 몸을 천천히 이동해 눈꺼풀 위에 도착했다.

"자아, 눈깔부터다!"

주서천이 호기롭게 외치면서 칠각사 눈알에 검을 꽂았다.

푸우욱!

"캬아아아아악!"

"시끄러워. 이제 잔뜩 들어서 지겹기만 해!"

이맛살을 찌푸리면서 다시 눈알을 찔러 줬다.

"언제까지 동굴 구석에서 틀어박혀 살 거니? 이제 햇빛도 좀 보고, 사람도 만나고 그러자!"

햇빛을 볼 수 있는 눈을 검으로 쑤셨다.

"다들 뭐합니까? 보고만 있을 겁니까?"

주서천이 대롱대롱 매달린 채 일행에게 외쳤다.

"헛!"

단하성도 정신을 차리고 내공을 끌어 올렸다.

'응……?'

일행이 움직이는 걸 확인할 때였다.

칠각사에게 매달려 몸이 흔들릴 때, 동굴 안쪽에서 무언가를 본 주서천의 눈에 이채가 어렸다.

'무엇인지 확인하고 싶지만…… 안타깝게도 그럴 때가 아니야.'

입맛을 다시면서 외면해야만 했다.

"가자!"

단하성이 제일 먼저 칠각사에게 붙는다. 그 뒤를 성하장 무사들이 따랐다.

칠각사는 무너진 동굴의 잔해 탓에 움직임이 극히 제한되어, 상대하는 데 그렇게까지 어렵지 않았다.

머리통을 크게 흔들어 주변을 쑥대밭으로 만드는 것만 어떻게 피하기만 하면 됐다.

푹! 푸욱!

열여섯 개의 검이 추가로 칠각사의 몸에 박힌다. 검기를 주입해서 비늘 사이를 찔러 치명상을 입혔다.

강기가 아니라면 벨 수 없는 뿔을 가졌다 할지라도, 몸에 공격을 허용한다면 소용이 없다.

동굴에서 완전히 벗어나 마음껏 움직였다면 정말로 성가셨을지도 모른다. 그러나 처음부터 몸의 절반 이상이 짓뭉개진 덕에 어렵지 않게 상대했다.

"헌 집 줄게, 내단과 뿔을 다오!"

찌르고, 베고, 피하고. 찌르고, 베고, 피한다.

지루한 반복 행동. 그렇지만 중요하다.

제대로 피하지 못하면 죽는다. 찌르다가 검이 박혀 빠지지 않는다면 휩쓸려서 죽는다. 베다가 검이 부러지기라도 한다면 떨어져서 구경만 해야 한다.

주서천과 단하성. 이 둘을 필두로 단하성 무사 열다섯 명은 힘을 합쳐서 연계해 나갔다.

성난 황소처럼 마구 날뛰던 칠각사도 지쳤는지 얼마 지나지 않아 눈에 띄게 둔해졌다.

"조심해! 독이다!"

"키에엑!"

독물이 독을 내는 건 당연한 일이지만, 칠각사는 근 몇십여 년 동안 독을 내뱉은 적이 없다.

이무기가 되기 위해서 독기를 흡수해 내단을 형성했기 때문이기도 하지만, 굳이 쓸 필요가 없어서였다. 하지만 그 자존심도, 긍지도 목숨의 위협 앞에선 속수무책이었다.

칠각사가 아가리를 쩍 벌려 독액을 토해 내듯이 내뱉는다. 검푸른 색을 띠는 액체가 암반 지대를 덮었다.

치이익!

바닥이 독에 의해서 용암처럼 들끓었다. 그 위로 허연 김이 모락모락 피어올랐다. 땅이 가라앉는다.

"이런!"

성하장의 무사가 놀라 검을 떨어뜨렸다. 독의 늪에 빠진 검이 흔적도 없이 녹아내렸다.

"빠지게!"

단하성이 명령을 내렸다. 무사가 열넷으로 줄었다.

검을 잃은 무사는 뒤에서 망을 보기로 했다.

"끈질긴 놈!"

주서천이 질린 듯이 혀를 차면서 검을 내리꽂았다. 눈이 아닌 정수리를 노렸다.

샤아아아!

칠각사도 점점 지쳐 갔다. 피를 너무 많이 흘려서 그런지 활활 타오르던 생명의 불꽃도 사그라졌다.

한쪽 눈은 잃었고, 뿔도 하나 없어졌다. 몸체의 반은 짓뭉개지고 머리도 찢어져 피가 솟구쳤다.

아직까지 살아 있을 뿐만 아니라 움직이는 게 기적이었다. 괜히 이무기를 앞둔 영물이 아니다.

"마무리다!"

주서천이 검을 쥔 채 달렸다. 칠각사의 정수리부터 시작해 콧등을 타고, 혓바닥 위로 떨어졌다.

"무, 무슨!"

"미친 건가!"

일행이 그런 주서천을 보고 기겁했다.

스스로 아가리에 몸을 던지다니!

"안 미쳤으니 꾸준히 검으로 쑤시기나 하십시오!"

주서천이 외치면서 검을 휘둘렀다.

서걱!

두 갈래로 갈라진 혀가 반 토막 났다. 남은 혀가 튕기듯이 말아 올라가면서 칠각사의 기도를 막았다.

독액이 잔류하여 몸에 묻었다. 옷자락은 녹았지만 신체에는 별 영향을 끼치지 못했다.

기본적으로 백독불침이고, 거기에 내공을 응용하여 막고 있는 덕에 칠각사의 독을 중화시킬 수 있었다.

'이십사수매화검법!'

그리고 내공 전부를 쏟아 내듯, 기를 잔뜩 주입한 검을 휘둘러 아가리 안쪽으로 검풍을 쏟아 냈다.

말아 올린 혓바닥을 검의 바람이 찢어 갈긴다.

거기서 멈추지 않고 전진해 식도를 넘어, 머리 너머의 몸통 내부에서 폭풍처럼 몰아쳤다.

"캬아아아아아악……!"

칠각사의 머리가 힘없이 아래로 떨어진다. 그 비명은 죽음을 앞둔 공포로 가득 차 있었다.

쿠웅!

*   *   *

콰드득!

마지막 남은 뿔이 살점과 비늘째로 뜯겨졌다.

"휴우!"

일곱 개 뿔 전부가 바닥에 놓여졌다.

단하성은 이마에 맺힌 땀방울을 소매로 닦으면서도 믿을
수 없다는 표정을 지우지 못했다.

혼자 힘으로 해낸 것은 결코 아니나, 칠각사를 사냥했다
는 사실에 아직도 어안이 벙벙했다.

"흠흠."

주서천은 여섯 개의 뿔을 나열한 다음 밧줄로 꽁꽁 묶어
등에 업었다.

참고로, 칠각사가 쓰러지자마자 확인 사살을 하는 척하
면서 내단을 일행 몰래 회수해 뒀다.

"대(大) 점창파의 칠공자이자, 대인배이고 고수인 단 공
자. 약속한 대로 뿔 여섯 개는 제가 갖겠습니다. 설마하니
사파인처럼 뒤통수를 치는 건 아니겠지요? 그럴 리는 없을
거라 생각합니다. 하하."

일부러 이것저것 덧붙여서 말했다.

전란의 시대에서 은인에게 강도로 돌변하는 자를 몇몇
봤다. 사람 일 모른다.

"은인에게 어찌하여 그런 짓을 하겠는가!"

단하성이 정말 섭섭하다는 표정을 지었다.

"하기야, 그렇죠."

주서천이 안심한 듯 가슴을 쓸어내렸다.

"정말로, 정말로…… 고맙네. 목숨을 구해 줘서, 그리고

날 도와줘서 정말로 고마워."

단하성이 허리를 숙여 인사했다.

"감사합니다, 대협!"

성하장 무사들도 허리를 숙였다.

"어흐흠, 뭐 이런 걸 가지고…… 별거 아닙니다."

주서천도 기분은 나쁘지 않은 듯, 옅게 웃었다.

"이 은혜는 잊지 않겠네. 내 꼭 갚으리라."

"그렇다면, 부탁 하나 해도 되겠습니까?"

"부탁? 도와줄 수 있는 거라면 얼마든지 들어주겠네. 말해 보게나."

"저에 대한 것이나, 칠각사의 사냥에 성공한 것을 비밀로 붙여 줬으면 합니다."

"으음."

단하성은 양심적이고 정직한 사람이다.

후자는 그렇다 쳐도, 전자는 그러고 싶지 않았다. 주서천에게 거의 모든 도움을 받았거늘, 그걸 비밀로 하고 자신이 독차지하고 싶은 마음은 없었다.

"전 괜찮으니 신경 쓰지 마십시오. 그리고 화산파의 사람에게 도움을 받았다고 하면, 뿔을 가져가도 인정하지 않을 수 있습니다. 단 공자를 위해서라도 이러는 게 좋을 겁니다."

"끄응, 알겠네. 은인의 부탁인데 무시할 수는 없는 노릇이지. 숨기려는 건…… 그것 때문인가?"

단하성이 주서천이 등에 업은 뿔을 가리켰다.

주서천은 고개를 주억거리는 걸로 대신 답했다.

비록 강기 앞에선 무력한 뿔이나, 반대로 생각하면 강기가 아니라면 벨 수가 없다는 의미다.

애초에 강호 무림에 화경의 고수가 그렇게 많은 게 아니다. 일반 무인 입장에선 탐나는 재료였다.

이를 점창파가 알게 되면 욕심을 낼 것이 뻔했고, 별별 이유를 핑계로 붙여서 빼앗을지도 몰랐다.

무엇보다 소문이 나서 암천회가 알게 되면 설명하기 입 아플 정도로 귀찮아진다.

"알겠네. 내 자네가 구해 준 목숨, 그리고 명예를 걸고 약속하겠네. 이들도 자네가 허락하기 전까지는 무덤까지 들고 갈 걸세."

"맹세하겠습니다, 대협!"

성하장 무사들이 입을 맞춰 답했다.

"자, 이제 돌아갑시다."

동굴에서 충분한 휴식을 취한 뒤, 독혈곡의 출구로 발걸음을 옮겼다.

단하성이 점창파로 복귀했다.

품 안에는 칠각사의 뿔과 독혈곡에서만 얻을 수 있다는 독초 등 증거물이 잔뜩 들려 있었다.

"허어, 칠공자가 독혈곡에 다녀왔다고?"

"사형들에게 인정받지 못한다고 미친 짓을 했군. 팔다리는 멀쩡한 겐가? 중독된 건 아니고?"

"중독되기는커녕, 칠각사와 싸워서 살아남았다고 하더군!"

"뭣? 그게 정말인가?"

"그래. 비록 사냥에 성공하지는 못했으나, 가까스로 도망쳐서 살아 돌아왔다고 들었어. 거기에 모자라 칠각사의 그 뿔까지 취했다고 하네."

"도저히 믿기가 힘들군. 혹시 가짜가 아닌가?"

"안 그래도 오늘 그의 사형들이 믿지 못해 검기로 베어 보려 했지만, 죄다 실패했다네. 진짜가 분명해."

점창칠공자는 점창파에서도 손에 꼽히는 고수다. 그들이 실패했다면 진위 여부는 분명했다.

"대단한데!"

사천당가의 독인들도 깊숙이 진입할 수 없는 독혈곡이다. 수많은 동물과 맹수, 험준한 지형, 빛 한 줌 들어오지 않는 암흑, 미로처럼 얽힌 길까지 있다.

그런데 이 모든 것을 제치고 칠각사와 만나 생환했을 뿐만 아니라, 뿔까지 취했다. 대단한 공이었다.

"혼자 힘으로 해낸 건 아니지 않나. 듣자 하니 가문의 무사들의 힘을 빌렸다며?"

"어허, 그의 주변에 있던 무사들이 지닌 무공이 어느 정도인지는 사제도 잘 알고 있지 않나."

"그래. 이제 단 사제에 대한 편견은 잠시 내려야 할 때야. 너무 나쁘게 보지는 말라고."

"적어도 돈으로 산 무공으로 빈둥빈둥 살거나, 그걸 자랑하는 용도로 쓰려 한다는 인식은 버리자."

단하성의 사형들도 처음에는 그를 의심하거나, 탐탁지 않은 눈으로 봤지만 확실히 시선이 바뀌었다.

아직 그중에는 끝까지 단하성을 좋아하지 않는 사형도 있었으나, 그렇지 않은 사형도 생겼다.

"칠공자의 무공이 보통은 아니지?"

"그렇지."

"나 같으면 여기저기 자랑하고 다닐 텐데, 그 한 번의 보고 이후로는 아무 말도 하지 않는다더군."

"허, 그것참 겸손하군그래."

점창파는 단하성을 침이 마르도록 칭찬했다.

겸손한 태도와 진중한 성격, 거기에 그동안 알려지지 못한 무공이 재평가됐다. 그러나 단하성이 공을 자랑하지 않는 이유에는 다른 곳에 있었다.

주서천에게 거의 모든 도움을 받은 것과, 그 공을 전부 자신이 행한 것으로 밝히기가 싫었다.

'주 대협에게 정말로 많은 것을 빚졌구나. 내 나중에 기필코 이 은혜를 갚으리라.'

*　　*　　*

독혈곡.

지옥의 주인 중, 하나가 목숨을 잃었다. 이무기를 앞에 둔 일곱 개의 뿔을 지닌 뱀이었다.

넓은 영토를 지배하던 칠각사가 죽자, 자연히 그 밖에 있던 독물과 맹수들이 조금씩 전진했다.

그들은 서로 눈을 붉히며 전쟁을 하려 했으나, 얼마 뒤 나타난 인간에 의하여 도망쳐야 했다.

그 인간이 얼마 전 칠각사를 무참히 살해한 강자인 탓이었다.

"휴우!"

인간, 주서천은 무너진 동굴 잔해를 보고 한숨을 내쉬었다.

잔해 더미에 깔린 칠각사는 피가 잔뜩 굳은 채, 독액에

범벅이 되어 시체만 남았다.

주서천은 등에 업은 뿔을 잠시 내려놓은 뒤에 잔해 더미로 다가가 바위를 하나둘씩 치웠다.

"마음 같아선 당일에 조사하고 싶었지만, 의심을 받을 것 같아서 입구까지 함께했다고⋯⋯."

괜한 불평이 튀어나왔다.

"그때, 분명 무언가를 봤다."

칠각사에게 검을 꽂고 매달려 있을 때였다. 동굴 입구 근처에서 기이한 걸 발견했다.

그러나 이후 칠각사와의 싸움이라거나, 단하성 일행 탓에 제대로 확인하기가 힘들었다.

그래서 수고가 더 들긴 하지만, 독혈곡 입구까지 돌아갔다가 단하성이 떠나는 걸 보고 다시 돌아왔다.

한 시진, 두 시진, 세 시진의 시간이 흘러, 하루의 절반이 날아갔다.

밤이 되기 전의 석양이 질 무렵, 원하는 것을 찾을 수 있었다.

"잔해 더미에 깔려 형체도 없이 사라졌을 줄 알았는데, 다행히도 이렇게 남아 있군."

아무런 무늬도, 장식도 없지만 녹색의 철함(鐵函)이었다. 약간 뭉그러진 것뿐, 비교적 멀쩡했다.

철함 위에 잔뜩 묻은 흙먼지와 자갈을 손으로 툭툭 턴 뒤, 동굴에서 떨어졌다.

"그 잔해에서 살아남은 걸 보면 재질이 보통이 아니고, 대부분 이런 거에 담긴 건 범상치 않은 법이지."

철함을 내려놓고 손바닥을 비벼 준비했다.

"입구 근처에 봐서 다행이었지. 좀 더 안쪽에 있었다면 잔해 탓에 반년 이상은 파헤쳐야 했을 거야."

처음 봤을 때, 철함이 반쯤 땅에 박혀 있던 덕에 그 난리에도 쓸려 나가지 않은 모양이었다.

"자, 벌려!"

철함에 힘을 줘서 열어 본다.

끼이익.

오랫동안 닫혀 있어서 그런지, 열릴 때 눈살이 절로 찌푸려질 만한 소음이 길게 이어졌다.

"무공 비급……?"

너덜너덜하고, 누렇게 변질된 서적이었다.

진조(陳朝) 왕조, 명장(名將) 진흥도(陳興道)!

그 이름에 내 목숨과 명예를 바쳐 왔고, 앞으로 도 바칠 것이다. 그 결심에는 어떠한 후회도 없다.

본국의 숙원인 안남(安南)을 대월(大越)로 되돌

릴 수 있는 날을 꿈꾸며, 팔꿈치에 살달(殺韃: 몽골군을 죽이자)이라 새겨 원(元) 놈들에 대한 증오를 키워 왔다.

진조 삼(三) 년(年)에 원나라가 삼만을 이끌고 수도를 점령하였을 때, 피를 나눈 가족과 벗이 살해당했다.

필자는 장기인 독과 전염병으로 그 씹어 죽여도 시원치 않을 놈들을 죽여 소중한 사람들의 원혼을 달랠 수 있었다.

독과 전염병으로 수도를 점령했던 원나라 군대가 철수한 틈을 타 공격해 대승을 거뒀던 날.

진흥도 장군께서는 미천한 필자의 공을 높이 여겨 주었고, 독과 전염병을 전문으로 한 부대까지 만들어 주셨다.

그분께서는 앞으로의 전쟁에 독, 특히 전염병이 중요할 터이니 보다 전문적으로 연구하라 명령을 내리셨다.

필자는 그것을 기쁘게 받아들여, 평생을 독과 전염병에 매진하였다.

그 결과 이 나라에서 독과 전염병으로는 나를 따를 자가 없었고, 좀 더 많은 지식을 원해 중원의 또

다른 세계, 무림(武林)으로 들어가 독과 병에 대해 공부하기도 했다.

정파와 사파, 아울러 마교와 혈교의 지식을 손에 넣는 데도 성공했으나 그 탓에 무림 공적이 된 것이 문제였다.

천하가 필자를 쫓았고, 도주 도중 내상을 입어 고향 땅을 밟지 못하고 금지로 알려진 독혈곡 안에 숨어야만 했다.

가까스로 목숨을 지켜 내는 데 성공했지만, 내상이 심해 더 이상 움직일 수 있는 힘도 남아 있지 않구나.

원통한 것이 있다면, 내 지식을 전부 전하지 못해 장군께 큰 도움이 되지 못한다는 것이다. 무림에서 얻은 지식으로 독공을 창안했으나, 이렇게 잊혀지게 만들 수는 없도다.

그대여!

그대가 누구건 상관없네. 설사 원나라의 인간이라 할지라도 괜찮으니 부디 내가 남긴 것을 장군께 전해 주게!

유서로 시작되는 비급서는 그걸로 끝이었다. 이 뒤로는

이름도 밝히지 않은 자의 무공이 남아 있었다.

하나, 이 무공 덕에 필자의 정체를 알 수 있었다.

"녹안만독공(綠眼萬毒功)!"

입을 떡 벌리면서 놀라움을 감추지 못했다.

"독마(毒魔)!"

무림 공적이란 게 흔한 게 아니었다. 정사뿐만 아니라 마도이세까지 쫓는 건 결코 보통이 아니다.

무림 역사에서도 공적으로 삼을 만한 자는 별로 없고, 그의 독공은 아직까지도 이름이 알려져 있었다.

그게 바로 녹안만독공이다.

"독마가 남만인이었어?"

독마의 숙원은 이루어지기는 한다.

약 백삼십여 년 전, 원의 세조 쿠빌라이 칸이 또다시 수도를 점령하고 멸망 직전까지 밀어 넣었다.

하지만 이때도 진흥도가 활약해 기적적으로 침략을 막아내는 데 성공하고, 물리쳤다.

이후 다시 빼앗겼던 이름, 대월국으로 되돌아가는 데 성공하지만 최종적으로 미래가 밝지는 않았다.

원나라의 몇 차례의 전쟁에도 패배하지 않았던 대월은 과거 제도와 외척 등으로 멸망하게 된다.

명장 진흥도가 사망한 지 채 백 년도 되지 않아서.

第十一章
주목랑마(珠穆朗瑪)

　원은 명이 됐고, 대월은 망해 남만이 됐다. 지금은 다들 분열된 채 서로 어울리지 않고 싸우고 있다.

　이렇다 할 왕조가 없다 보니 남만이라고 폄하하는 이름이 유지됐다.

　"독마에 대해서 알려진 것이 없었는데, 이러한 비밀이 있었을 줄이야……."

　독마는 백오십 년 전쯤에 활동했던 마인이다. 등장하자마자 독에 관련된 세력을 공격해 무공을 뺏었다.

　그 활동기는 약 십 년이었으나, 압도적인 독공으로 이름을 날려 공적이 되는 데는 겨우 오 년이었다.

이후 오 년 뒤, 무림 고수들에게 추적당하다가 내상을 입고 행적이 묘연해졌다. 아마 내상 탓에 어디선가 죽었을 것이라 전해지나, 그곳이 독혈곡일 줄은 몰랐다.

"암천회는 왜 이걸 발견하지 못한 거지?"

미래에 독안만독공은 존재하지 않는다. 천하의 무공 대부분을 가지고 있다는 암천회에게도 없었다.

"아, 칠각사가 그 전에 우연찮게 발견해서 처먹고는 위액으로 녹여 버린 건가. 그럴 수도 있겠군."

암천회라면 능히 칠각사의 사체를 회수할 때 철함을 발견했어야 정상이지만, 없는 걸 발견할 수는 없다.

회수 작업 전까지는 멀리서 생존 여부나 위치의 확인만 했을 터이니 철함을 볼 수는 없다.

동굴 안에 들어가 바닥을 살펴봐야 찾을 수 있으니까 말이다.

"독마. 장군은 죽고 원나라는 망했으니 소원을 들어줄 수는 없다. 그러니 나쁘게 생각하지는 말아라. 그래도 잊혀지지 않도록 내가 배워는 줄게."

주서천이 손을 모아 합장했다.

"그런데 내가 정파인이라 네 무공이 얼마나 대단한지 자랑은 할 수는 없겠다. 부디 이해해 줘."

화산파의 제자가 독마의 후인?

농담으로도 질이 나쁘다.

"처음 이름을 봤을 때 수련할 생각도 없었는데, 비급을 자세히 보고 난 다음에 생각이 바뀌더라."

녹안만독공은 독마라 불릴 때 즈음부터 대충 완성됐다. 나머지 부분은 도주하면서 보완하게 됐다.

그렇다 보니 녹안은 독마의 증거가 됐다. 아무리 절세신공에 이르는 독공이라도 그래선 골치 아프다.

하나, 다음 대목에서 결심을 바꿨다.

"대성을 해야 녹안이 된다면 상관없지. 어차피 난 깨달음을 얻는다 해도 반절밖에 배우지 못하니까."

중도만공의 대가가 이번에는 장점으로 적용됐다.

독마가 듣는다면 지옥에서 벌떡 일어날 이야기다.

"독초도 잔뜩 채집했고, 칠각사의 내단도 있으니 그야말로 하늘이 내려 준 기회로군. 크큭."

주서천이 독마처럼(?) 음험하게 웃었다.

"일단은 독혈곡에서 벗어나도록 할까."

지금쯤 점창파는 단하성의 보고로 소란일 터. 암천회의 귀에 들어가고도 남는다.

칠각사는 도감부에서 주시하고 있던 영물이니, 분명 확인하러 이곳에 올 것이 분명했다.

*　　*　　*

　암천회의 정보력은 천하제일을 다툰다. 정파의 개방, 사파의 하오문과 견줄 정도였다.

　양적인 면에선 개방과 하오문에 비해선 부족하나 질적인 면으로는 이기면 이겼지 지지는 않는다.

　점창파 내부의 소란은 얼마 지나지 않아서 암천회에 들어갔고, 도감부가 급히 파견됐다.

　주서천이 예상한 대로였다.

　독혈곡.

　암천회의 도감부 무리가 독혈곡에 진입했다. 그들은 제 집처럼 익숙해 보였고, 발걸음에 망설임 따위는 없었다. 독물과 마주쳐도 어렵지 않게 무찔렀다.

　미로같이 얽힌 밀림을 헤매지 않고 걷는다. 그 발걸음은 묘한 불안감과 초조함이 실려 있었다.

　그리고 한 시진 정도 지났을까. 도감부는 얼마 지나지 않아 깊숙한 곳에 있는 칠각사의 영역에 들어왔다.

　"안 돼!"

　멀리 보이는 무너진 동굴을 보니 비명이 나왔다.

　"쌍!"

　도감부장이 욕설을 내뱉으면서 고개를 휙 돌렸다.

"내가 잘못 본 것이다. 피곤해서 환청을 본 게 분명해."

도감부장이 악몽을 떨쳐 내듯이 머리를 좌우로 흔들었다. 그리고 다시 고개를 들어 확인했다.

"으악! 썅!"

비명과 욕이 함께 나왔다.

칠각사가 보였다. 그런데 그 우뚝 솟은 뿔도, 녹색으로 영롱하게 빛나던 비늘도 없었다.

몸의 반은 동굴의 잔해에 깔려 없고, 나머지 반은 살점만 남은 뼈밖에 없었다.

"도대체 그분께 뭐라 보고해야 하느냐 말이다!"

도감부장의 얼굴이 분노로 일그러졌다.

"아무래도 칠각사가 힘을 잃은 틈을 타, 독물들이 권좌에 도전해 승리한 모양입니다. 남은 건 전부 다 뜯어먹혔습니다."

독물은 독기를 쌓을수록 강해진다. 그리고 독혈곡의 생물들은 전부 독기를 품고 있다.

이렇다 보니 독혈곡의 생태계는 전부 포식으로 되어 있다. 승자는 패자를 잡아먹어 독기를 흡수한다.

비늘이건 뭐건 간에 신체의 일부는 뼈 같은 것을 제외하고 전부 잡아먹는다.

이번 사태는 누군가를 의심할 것은 아니었다.

"점창칠공자, 단하성!"

만년화리를 도둑맞은 지 얼마 되지도 않았거늘!

도감부장의 몸에서 진득한 살의가 뿜어져 나왔다.

주변에 있던 수하들은 물론이고, 독혈곡의 날고 기는 맹수들조차 목을 움츠리고 두려움에 떨었다.

"칠각사가 죽은 지 얼마 됐지?"

"흐, 흔적을 보아하니 일주일 이내입니다."

"그렇다면 독혈곡을 뒤져서라도 남은 뿔들을 회수해야 한다. 강기가 아니라면 흠집도 낼 수 없는 것이니 독물들도 먹어 치우지 못했을 테지. 단하성이 가져온 뿔은 하나밖에 되지 않으니, 무슨 일이 있어서라도 나머지를 확보해라!"

이후 도감부는 독혈곡을 이 잡듯이 뒤졌으나, 당연하게도 나머지 뿔이 발견되는 일은 없었다.

  *   *   *

길면 길었던 칠각사 사냥이 끝났다. 애뇌산에서 벗어난 주서천은 최대한 인적이 드문 길을 이용했다.

등에 업은, 너무나도 눈에 띄는 여섯 개의 뿔 탓이었다. 괜히 누군가에게 목격되고 싶지 않았다.

다행히도 경공을 최대로 펼치고 사람이 없는 곳만을 골

라 이동한 덕에 시선은 피할 수 있었다.

그다음 목적지는 서장의 대설산.

서북쪽을 향해서 쉬지 않고 곧장 달렸다. 얼마 지나지 않아 일 차 목적지에 도착했다.

운남, 덕굉(德宏).

서북부 끝자락에 위치한 마을이다. 동쪽으로 조금만 가면 사천이 나오고, 위로는 서장이다.

우선 들르기 전에 근처의 산에 다섯 개의 뿔을 숨겨 뒀다. 나머지 하나는 천으로 둘러 등에 메고, 그 이후에야 덕굉에 들어섰다.

"음, 이쯤인가……."

덕굉은 중원에 속하기도 애매한 위치에 있다. 그만큼 촌락이다.

하지만 그래도 지도에 없는 정도로 작지는 않았다.

많지는 않지만 나름대로 사람도 있고, 상권도 있었다. 그래도 운남 최북부 중에서는 나름 크다.

"거기, 형씨! 옷 좀 보고 가!"

"서장에 갈 생각이라면, 그 차림으로는 힘들다고!"

"북해만큼 미치도록 추운 건 아니지만, 서장은 강풍이 심하고 쌀쌀한 편이지. 싸게 해 줄게."

저잣거리를 걸었다. 목적 없이 걸은 건 아니다. 갈 곳은 있었다.

"어서옵쇼."

저잣거리의 여러 가게들 중, 포목점을 들렀다. 크지도, 작지도 않은 수준의 가게였다.

주서천은 포목점에 점원 외에 아무도 없다는 걸 확인한 다음에 개미만 한 목소리로 속삭였다.

"금의상단. 주서천."

"……!"

점원이 눈을 동그랗게 떴다. 그러곤 재빠르게 주서천의 얼굴과 소매 안쪽의 매화를 살펴봤다.

"기다리고 있었습니다, 공자님."

점원이 문과 창문을 닫았다.

"이곳의 생활은 어떻습니까?"

칠각사의 내단이 우선이지만, 뿔도 신경 썼다. 화산파에서 나오기 전부터 상정해 두었다.

문제는 이 뿔의 처리였다. 이렇게 무식하게 크기만 한 걸 대설산까지 가져갈 수는 없었다.

다른 곳에 맡기기에는 신뢰가 가지 않는다. 한배를 탄 금의상단의 힘이 필요했다.

그러나 알다시피 금의상단은 성하장 탓에 운남에 진출할 수 없었다. 그건 변방인 덕꿍조차 마찬가지였다. 그래서 그

대신 이 마을의 가게 중 매물로 나온 걸 구매해 눈속임으로 운영하기로 했다.

"워낙 변방이라서 그런지 무림인조차 잘 안 보입니다. 그래도 성하전장은 있습니다."

점원이 쓴웃음을 흘렸다.

"수고 많으십니다. 일단 이걸 받으십시오."

천으로 두른 칠각사의 뿔을 건넸다.

"이 근처에 이것과 같은 걸 다섯 개 숨겨 두고 왔습니다. 내일 그것들을 회수하여 이 서신과 함께 상단주께 보내 주십시오. 그리고 이건 숨긴 장소를 표시한 지도입니다."

"알겠습니다. 처리하도록 하겠습니다. 안의 내용물은 제가 확인해야 합니까?"

"사천에 질풍십객 중 몇몇이 대기 중이라 들었습니다. 그들에게만 보여 주고, 운송을 맡겨 주십시오. 중요한 물건이니 신경 써 주셔야 합니다."

"예. 그렇게 하도록 하겠습니다."

그들 정도 되는 실력자가 덕꿩처럼 촌락에 모여 있으면 의심을 받으니 조금 떨어진 사천에 있었다.

무엇보다 소속이라도 밝혀진다 하면, 금의상단이 상권을 빼앗으려 하는 줄 알고 적대할지도 모른다. 성하장을 적으로 삼으면 많은 게 귀찮아진다.

"오늘은 시간이 늦었으니 이곳에서 하루 묵고 갈 생각인데, 괜찮습니까?"

"물론입니다."

*　　　*　　　*

이 층에 잘 곳이 준비되어 있었다. 포목점의 다소 낡은 외관과 다르게 방 안은 깨끗하고 편안했다.

주서천은 점원에게 자신이 나오기 전까지는 들어오지 않도록 말해 두었다. 내단의 흡수를 위함이었다.

혹시나 하루가 지나도 내려오지 않는다, 혹여 그렇다 하더라도 결코 방에 들어오지 말고 주변의 경계만 부탁한다고 전해 뒀다.

"일단은 녹안만독공의 확인을……."

독마의 무공 비급은 불태우고 없다. 그 대신 내용 전부를 외워 머릿속에 집어넣었다.

주서천은 가부좌를 틀고 앉은 다음, 비급 대신에 철함에 넣어 두었던 내단을 꺼냈다.

꿀꺽.

내단이 목 너머로 넘어간다.

'칠각사의 내단과 더불어 녹안만독공을 얻은 건 천운이

었어.'

칠각사가 용이 되기 위해 도를 닦는 이무기였다면 그 내단이 신성하고 정순했을지도 모르겠지만, 아직 뱀이었기에 그 성질은 거의 독기에 가까웠다.

백독불침이 아니었다면 내단을 취하는 건 자살 행위. 그리고 독공이 없다면 완벽한 흡수도 불가능하다.

원래 그는 백독불침을 천독불침으로 키우고 약간의 내공만 얻을 용도로 사용할 생각이었다.

하지만 이렇게 독공을 얻었으니 상황이 달라졌다.

주서천은 위에 도착하자마자 녹아내린 칠각사의 기운을 온몸으로 느끼면서 녹안만독공을 운기했다.

'일성에서 이성으로 오른다.'

녹안만독공의 일성은 간단하다. 독기를 몸에 담고, 중독되지 않은 채 운기할 수 있으면 끝이다.

보통 전 단계인 중독 상태에서 대부분이 버티지 못하고 나가떨어지기에 이 조건만 달성하면 쉬웠다.

단숨에 이성을 달성하자, 녹안만독공이 효능을 발휘했다.

칠각사의 내기, 곧 독기가 혈맥과 기맥을 타고 흘렀다. 독기 특유의 기분 나쁜 끈적거림은 없었다.

혈 자리를 두들기고, 기와 피의 통로를 부드럽게 훑고 지나가 덮는다.

사람의 몸을 집어삼킬 흉포함은 없었다. 독안만독공이 나서서 그 기를 통제하고, 어르고 달랬다.

백독불침에 이르렀던 내성이 한 단계 껑충 뛰어올랐다. 칠각사의 기를 흡수해 천독불침에 올랐다.

"후우!"

단조롭게 이어지던 호흡에도 변화가 생겼다.

'체질 자체를 변화시키는 것이라서 그런지 내단의 기 대부분을 사용했군. 역시 소모가 크다.'

천 가지 이상의 독이 침입할 수 없는 체질. 자연적인 경우도 없는 건 아니지만, 대부분 인공적이다.

또한 이러한 체질을 만들기 위해선 독인이 수십여 년을 연구해도 되기가 힘들었다.

내공을 소모하지 않아도 독을 중화하기는커녕 듣지를 않는다니. 그런 체질을 쉽게 만들 수 있겠는가!

'음, 그래도 내단의 기가 그럭저럭 남았구나. 자아, 이제 이걸로 무엇을 할까?'

호흡을 유지하면서 고민에 빠졌다.

'내공 증진만으로 화경에 진입할 수도 있고, 그게 아니면 환골탈태(換骨奪胎)를 노려볼 수도 있겠지.'

두 가지를 동시에 하기엔 내공이 부족했다. 둘 다 칠각사의 내단의 힘을 빌려야 할 수 있었다.

'화경부터냐, 환골탈태냐.'

어차피 대설산에 천년설삼이 있다. 그걸 복용해서 흡수한다면 나머지 하나까지 해결할 수 있었다.

다만 무엇을 먼저 하느냐에 따라 차이가 있긴 했다.

우선, 환골탈태를 할 경우 정말 많은 변화가 온다.

뭐니 뭐니 해도 역시 건강하고 뛰어난 육체가 최대한의 장점과 의의였다.

몸은 단단해지고, 노화된 건 다시 젊어지고, 병약했던 몸체는 건강해지며, 근육도 높아진다.

그뿐만 아니라 전체적으로 무공을 수련하고 펼치기에 적합하고 균형적인 완벽한 육체를 갖게 된다.

앞에 자질구레한 것은 그렇다 쳐도, 무공에 적합한 게 제일 중요했다. 연공의 속도가 높아져서 그렇다.

'어차피 대설산에서 볼일을 보는 데 그렇게 오래 걸리지 않는다. 길어 봤자 두 달에서 세 달이야.'

설사 천년설삼을 발견하지 못한다고 해도 흉마의 무덤 탓에 포기하고 강제로 중원으로 돌아와야 한다.

그 기간 동안 무공 연공 속도가 빨라지지 않아도 문제는 없었다.

늦춰지는 것도 아니고, 현행 유지가 아닌가?

고민은 길지 않았다. 아니, 길어질 수 없었다. 지금 잔류로 남아 있는 내단의 기가 빠져나갈지도 모른다.

환골탈태에 대한 것을 치운 뒤, 화경의 진입에 집중했다.

'음, 그때의 느낌을 되살려 볼까.'

그리운 감각이었다. 떠올리는 것이 어렵지는 않았다.

죽음을 앞에 두고, 살날이 얼마 남지 않았다는 사실에 모든 걸 체념하고 받아들였다.

일시적이나 전부 내버려 둔 순간, 그토록 소원하던 걸 얻었다. 그 기억과 감각을 결코 잊을 수 없었다.

깨달음은 있으니 어려울 것은 없었다. 내공과 심법의 경지만이 요구됐고, 지금 모든 게 갖춰졌다.

'대충 이런 느낌이었지.'

화경으로 향하는 진입의 벽은 높다. 그리고 그 구조는 이루 말할 수 없을 정도로 복잡하다.

괜히 수많은 무인들이 화경에 오르지 못하는 게 아니다. 무공에 대한 이해도, 운, 깨달음이 필요하다.

그리고 그걸 가르치는 건 대단히 어렵다. 정확히는 말로 설명하기가 정말 힘들었다.

그저 느끼는 대로. 흘러가는 대로 움직여 본다. 그때의 기억과 감각을 떠올리고, 몸과 마음을 맡겼다.

"……."

얼마만큼의 시간이 흘렀는지는 모른다.

어느 순간, 자신이 잠시 잠들었다는 걸 깨달으면서 눈을 떴다. 그의 눈동자가 고요히 빛났다.

"음."

몸 내부를 재확인했다. 칠각사의 내단에서 얻은 진기는 더 이상 없었다. 눈곱만큼도 남아 있지 않았다.

내공은 크게 증진하지는 않았다. 미약한 정도였다.

하지만 무언가가 변했다. 그걸 확실히 느낄 수 있었다.

주서천은 침상 위에서 내려와 바닥에 내버려 둔 검을 들어 세웠다. 검면에 자신의 얼굴이 비춰졌다.

"후우."

숨을 크게 내쉬곤, 기를 주입해 봤다. 검을 둘러싼 기가 물처럼 일렁인다. 검기다.

검을 이리저리 느릿하게 움직여 봤다. 검기도 마찬가지로 움직였다. 형체는 고정되어 있지 않았다.

주서천은 검기가 주입된 예한을 뚫어지게 쳐다보다가, 눈을 가늘게 뜨고 재차 진기를 주입해 조정했다.

단전에서 그동안 축적해 둔 내공이 용솟음쳤다. 배꼽 아래에서 시작된 진기는 기맥을 타고 이동했다.

어깨, 팔, 손을 거쳐 최종적으로 검으로 들어갔다.

진기의 주입은 계속됐고, 맺힌 기의 농도가 순차적으로

짙어지면서 그 형태가 뚜렷해진다.

파츠츠츳!

"됐다."

주서천이 흡족하게 웃었다. 그 눈동자가 비추고 있는 건 화경의 증거, 강기(罡氣)를 머금은 검이었다.

아직 자색이 아니라 푸르스름한 걸 보면, 다행히 화경에 오르면서 자하신공 등의 무공들이 강제적으로 높아지는 불상사는 일어나지 않았던 모양이다.

수련 속도가 극악인 자하신공이지만, 그렇다고 순식간에 대성하기를 원하지는 않는다. 특징 탓이다.

무림인이 꿈꾼다는 경지, 화경!

보통이라면 머리가 부서질 정도로의 충격과 깨달음에 아직도 어안이 벙벙하겠지만, 자신은 예외다.

이미 경험해 본 것인지라 정말로 조용하게 올랐다.

"얼마 정도 지났지?"

잠을 잔 건 분명한데, 시간을 측정할 수가 없었다.

방문을 열고 일 층으로 내려가 확인하려 했다.

"공자님!"

아래로 내려가자, 안절부절못하고 있다가 자신을 발견하고는 활짝 웃는 점원을 볼 수 있었다.

주서천은 그의 얼굴을 보고 생각보다 시간이 많이 흘렀

다는 걸 추측할 수 있었다.

"제가 방에 들어가고 얼마나 지났습니까?"

"삼 일입니다. 혹시나 무슨 일이 있나 싶어 미치는 줄 알았습니다. 내일이 되면 상단주님께 급히 연락하려 했습니다요."

하루가 지나도 방에서 나오지 않으면 들어오지 말라고 한 건 천만다행이었다.

그러지 않았더라면 도중에 방해를 받아 무슨 문제가 생겼을 것이리라.

"저 때문에 마음고생 많으셨습니다. 뿔은 어떻게 됐습니까?"

"공자님이 오신 이튿날 점심, 바로 회수했습니다. 질풍십객은 내일이나 모레 도착한다고 들은 차입니다만……."

"잘하셨습니다. 내 상단주께 잘 말해 두겠소."

삼 일이면 적절한 시간이었다. 만약 일주일이나, 이 주일 이상 지났다면 계획에 큰 차질이었을 것이다.

"난 이대로 서장으로 갈 거요. 다시 돌아올 때 이곳을 들를 예정이니, 그때까지만 수고해 주십시오."

주서천이 계산대 위에 올라온 당과를 집어서 베어 물었다. 어깨에는 필수품과 식량이 들어간 배낭이 있었다.

점원이 배낭을 보고 의아한 듯 물었다.

"바로 떠나실 생각이십니까? 아마 질풍십객이 오는 데 그다지 오래 걸리지 않을 것 같습니다만……."

"괜찮습니다. 더 이상 시간을 지체하기가 좀 그렇기도 하고, 볼일도 없거든요. 덕분에 편히 쉬다 갑니다."

삼 일 동안 거의 잠만 잔 것이나 마찬가지였다. 피로가 싹 풀렸다. 몸이 깃털처럼 가벼웠다.

등에 업은 뿔을 빼앗기거나 누가 볼 것 같아 그동안 심적으로 알게 모르게 부담된 모양이었다.

자신도 모르게 안도하여 화경에 오른 겸, 눈치 없이 깊은 잠을 자서 기분이 좋았다.

*   *   *

중원에서 대설산(大雪山)이란 건, 곧 서장 남부의 주목랑마(珠穆朗瑪: 에베레스트 산)를 의미하기도 한다.

운남 최북단의 덕굉에서 서쪽으로 곧장 가면 나오는 이 산은 세계의 지붕이라 부를 정도로 높다.

서장은 고원(高原)이 대부분을 차지하고 있으며, 이 고원 주변은 습곡 산맥으로 뻗어 있다.

이 천 장(1丈: 3.33미터)을 가뿐히 넘고 그 위에 만년설이 내려앉은 봉우리들은 하늘을 찔렀다.

이가 시릴 정도로의 추위와 더불어 눈발이 흩날리는 설풍은 사람의 접근을 불허하였다.

그리고 그 대설산에, 중원인이 찾아왔다.

"뭐야, 별로 안 춥네. 괜히 입고 왔잖아."

주서천이 허연 김을 내뱉었다. 평소에 입고 다니던 도복 위에는 곰의 외피로 제작한 방한의를 덮었다.

서장에 들어가기 전, 포목점에서 대설산의 추위를 경고해 주면서 방한의를 건네줬다.

친절을 무시할 수 없었고 혹시 몰라서 걸치긴 했다. 하지만 역시나 예상대로 전혀 춥지 않았다.

"바람이 조금 불긴 하지만, 산책하기 딱 좋은데."

미친 소리다.

확실히 바람은 대설산의 기후치곤 잔잔했다. 그러나 바람에 실린 한기는 결코 약하지 않았다.

북해처럼 사계절 내내 겨울인 건 아니었지만, 그래도 평균 기온은 낮은 편이었다.

대설산은 고도가 워낙 높다 보니 더더욱 그렇다. 높은 곳으로 등반할수록 북해와 다를 것 없었다.

이제 막 대설산에 진입하는지라 덜 추운 것은 확실하다. 계절도 겨울이 아니니 얼어 죽을 정도는 아니다. 하지만 방한의에 대한 고마움을 저버릴 정도로의 기온은 결코 아니었다.

인근이 따스한 건 아니고, 그렇다고 주서천의 감각이 마비된 것도 아니다. 한서불침이라 그렇다.

"이게 대자연인가. 나라는 것이 얼마나 자그마한 존재인지 깨닫게 해 주는구나."

주서천이 뒷짐을 쥐고 대설산을 지켜봤다. 두 눈에 보이는 것은 빙산의 일각밖에 되지 않는다.

"좋아. 올라 볼까."

강풍이 불어 머리를 매만지고 지나갔다.

"천년설삼은 대설산 정상 근처에서 발견되는 시체들 근처에 묻어 있었다고 했었지. 갈 길이 멀군."

등반은 이제 막 시작됐다. 눈 위로 발을 내디디니 사각사각 소리가 난다. 봉우리 중 제일 높은 곳을 향해서 걸었다. 바람이 불기는 했으나 강하지는 않았다.

"응?"

한 시진 정도를 걸었을까, 눈 속에 파묻힌 시체 몇 구가 보였다.

뼈만 남거나, 혹은 추운 날씨 탓에 반쯤만 부패하거나 완전히 얼어붙은 시체 등 가지각색이었다.

공통된 것이 있다면 다들 이 광활하기만 한 눈 더미 위에서 목숨을 잃었다는 점이다.

'저들은 무슨 연유로 이곳에 온 것일까?'

대설산에서 살고 있는 생명체는 몇 없다. 이곳은 더 이상 살아갈 수 있는 환경이 아니다.

설산 초입이나 그 아래 고원에 동물이나 식물이 있으니 사냥을 위함이라면 여기에 올 이유가 없었다.

호기심에 그 의외의 이유를 생각하고 있을 때, 그 상념이 어떠한 신음 소리에 의하여 깨졌다.

끄으으으으!

"똥 누려고 힘을 주는 소리인가?"

아니다.

"현실 부정하지 말자. 나 외에 누군가가 대설산을 등반 하는 것 같은데, 그리 썩 좋은 소식은 아니지."

주서천이 체중을 줄여 가면서 조용히 걸었다. 기척을 최 대한 숨기고, 호흡도 느리게 했다.

소리가 들려올 정도라면 거리가 그다지 멀지 않다는 뜻 이다. 들키지 않도록 조심스레 이동했다.

위로 오르기를 잠깐. 얼마 가지 않아 중턱에 엎드려 있는 사람 한 명이 눈에 밟혔다.

청각에 집중하니 숨소리와 심장 박동도 들렸다. 그 소리 가 미세하긴 했으나, 살아 있는 게 분명했다.

"엮이지 말아야 할 것 같은 느낌이 드는데."

대설산, 그것도 초입도 아닌 중간에서 발견됐다. 여기에 올 수 있는 것 자체가 보통이 아니라는 증거다.

저자를 구하게 된다면 대부분 무언가 일에 휘말리게 된다. 강호 무림이 보통 그런 동네다.

"차라리 안 봤으면 고민하지 않았을 텐데."

투덜거리면서도 이미 정신을 잃은 것 같은 행인에게 다가가서 발로 툭툭 건드려 봤다. 반응이 없다.

무기를 숨기고 기습을 준비하는 것처럼 보이지는 않는다. 행인을 들어 등에 업었다.

"젠장."

다시 내려가야 한다는 생각에 욕이 나왔다.

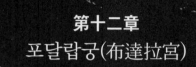

第十二章
포달랍궁(布達拉宮)

햇빛을 반사해 빛나는 머리, 얼굴에 자글자글한 주름, 초승달처럼 흰 눈썹은 무척이나 깔끔했다.

처음에 봤을 때는 얼굴도 보지 않고 그냥 등에 업었다.

언제 죽을지 몰라 급히 하산하는 데만 신경 썼다.

하지만 하산한 다음 그 몸을 바닥에 내려 두었을 때, 범상치 않은 용모에 불길함을 느꼈다.

아니나 다를까 방한의를 벗겨 보니 붉은 법복(法服)을 입고 있었다. 불길함은 현실이 됐다.

"이 못난 중의 목숨을 구해 주셔서 다시 한 번 감사드립니다, 시주."

'하필이면 포달랍궁(布達拉宮)의 라마승일 줄이야!'

무림이 중원에만 있는 것은 아니다. 단연 바깥에도 존재하고, 이들을 새외무림(塞外武林)이라 칭했다.

그중 포달랍궁은 새외무림, 서장을 대표하는 무림 단체인 동시 소림사와 같이 불가 무학의 사찰이었다.

다만 중원의 불교와는 그 성향과 종파가 달랐는데, 이들을 라마교라 통칭했다.

문제는 라마교의 행보가 썩 좋지만은 않았다는 점과 포달랍궁의 라마승이 상당히 포악하다는 것이다.

무엇보다 몇 차례나 중원 침공을 노렸을 정도이니, 공격성이 얼마나 대단한지는 두말할 것도 없었다.

대해와 같은 마음을 지녔다는 그 소림사조차도 라마승을 이야기하면 눈살부터 찌푸리기 일쑤였다.

"그럼 갈 길 갑시다. 짧지만 만나서 반가웠습니다."

주서천은 이 라마승과 연관되고 싶지 않았다. 포달랍궁은 상상 이상으로 귀찮다.

"어허, 시주. 뭘 그리 서두르십니까?"

라마승이 너털웃음을 흘리면서 손을 번개같이 뻗어 주서천의 바짓가랑이를 붙잡았다.

"제가 많이 바빠서요. 이만 가 보겠습니다. 이거 놓으시죠, 스님."

주서천이 웃음기 하나 없는 얼굴로 정색했다.

"시주께서는 저의 생명을 구해 준 은인입니다. 별다른 보답도 해 드리지 못했는데, 어찌 떠나려 하십니까. 이 못난 중의 체면도 좀 봐주시지요."

"빚 안 갚으셔도 됩니다. 이름도 밝히지 않고 떠날 생각이니 저 좀 내버려 두십시오, 스님."

"옷깃만 스쳐도 인연이라고 합니다. 부디 이 못난 중의 이야기를 들어 주시지 않겠습니까?"

"옷깃만 스치는 인연으로 끝냅시다."

주서천이 대놓고 싫은 내색을 했다.

"보아하니 시주께서는 이 대설산을 등반하시려는 것 같이 보입니다만, 맞지 않습니까?"

"지나가던 길이었을 뿐이요."

"잘됐군요. 이것도 인연이라도, 괜찮다면 대설산 정상까지 함께하지 않겠습니까?"

"이보시오, 스님. 내 이야기 듣고 있소?"

처음에는 멀쩡하게 생겼다 싶었는데, 역시 라마승이다. 머리가 이상하다.

"중원에서 오신 시주께서는 이곳 대설산이 초행이지 않습니까? 괜찮다면 이 불쌍하고 힘없는 중을 데려가시는 건 어떤지요. 길의 안내를 해 드리겠습니다."

주서천이 뭐라 말하려다가 입을 다물었다. 그러곤 어떻게 알았냐는 의문이 담긴 눈초리를 보냈다.

라마승이 흘흘, 하고 인자하게 웃었다.

"자고로 세월이란 건 곧 경험이기도 하오. 중원인을 본 건 시주가 처음이 아니외다."

주서천은 아무 말도 하지 않았다. 그의 머리는 지금 여러 가지를 떠올리면서 생각에 잠겨 있었다.

'어쩌지?'

현지인이 동행해 주는 건 좋았다. 적어도 길을 안내할 수 있다는 건 거짓말이 아닌 듯했다.

길의 안내를 받는다면야 시간을 절약할 수 있다. 고생을 덜할 수 있으니 나쁘지는 않았다.

다만 마음에 걸리는 게 있다면 역시 이 라마승에 대한 신뢰도다.

'나보다 하수인 건 확실한데…….'

경지를 대충 가늠해 보면 초절정을 앞에 둔 절정 정도로 추측된다. 기습을 당해도 질 걱정은 없었다.

"제 목적지는 정상 근처입니다. 그곳까지 길의 안내는 불가능하실 텐데요?"

"갈 수 있는 곳까지 안내해 드리고 원하시는 장소를 알려 준다면 길을 가르쳐 드리겠습니다."

"스님께서는 정상까지 가 보신 적이 있습니까?"

주서천의 질문에 라마승이 고개를 저었다.

"아니오. 그러나 과거에 포달랍궁이 주목랑마를 등반한 적이 있어, 그 기록과 지도가 남아 있습니다. 그것이 머리에 보관되어 있습니다. 믿어 주십시오."

"만약, 동행한다면 어디까지 데려다주면 되겠습니까?"

"시주께서 정확히 어디가 목적지인지는 모르나, 정상 근처라 했으니 그곳에서 조금 낮은 구역입니다."

주서천은 섣불리 대답하지 않았다. 신중하고 또 신중했다. 혹시 모를 사태까지 대비해 봤다.

그러고 나서야 결정을 내릴 수 있었다.

"좋습니다."

           *   *   *

원나라 시절, 라마교는 국교(國敎)였다. 그 영향력과 권세에 대해선 두말할 필요도 없었다.

문제는 이 탓에 라마교는 힘에 심취하여 온갖 패악을 저지르고 막장을 걷게 됐다는 것이다.

포달랍궁은 그중에서도 선두였고 결국은 안 좋은 쪽으로 변질되어 악명을 떨치게 됐다.

그리고 그 인식은 아직까지 변하지 않았다.

아니, 변할 수 없었다.

"라마교도, 그리고 포달랍궁도 과거의 영광이라는 허영과 어둠에 아직까지도 빠져 있는 탓이지요."

라마승이 염주를 엄지로 매만졌다.

"처음 봤을 때 느꼈지만 스님은 참 특이한 것 같습니다."

또라이라는 걸 돌려 말해 줬다.

주서천은 라마승과 함께 대설산을 다시 올랐다.

길을 알고 있다는 건 거짓이 아닌 듯했다. 라마승을 따라가니 본 적 있던 곳에 보다 빨리 도착했다.

"무릇 잘못된 것이 있다면, 똑바로 마주 보고 이를 인정해야 하지요. 그러지 않는다면 우치(愚癡:어리석음)에 잠겨 현상과 사물을 바로 알지 못하고, 이해할 수도 없게 될 것입니다."

말하는 것이 범상치 않았다.

'이 노친네가 포달랍궁에 불만이 있는 것 같은데, 또라이 같은 성격 탓에 따돌림을 당한 게 분명하다.'

척 보면 척이다.

'일행도 없이 혼자 온 걸 보면 포달랍궁에서도 그렇게까지 신분이 높은 자는 아닐 거다.'

괜히 관여되고 싶지 않은 입장에서는 최적이었다.

"한데, 시주께서는 성함이 어떻게 되십니까?"

"스님, 저희가 통성명할 정도로 친분 있는 사이는 아닌 것 싶습니다. 그냥 스쳐 가는 사이로 끝냅시다."

"허어, 시주께서는 북풍한설처럼 차가우시구려."

"차가운 남자가 되는 게 꿈이었습니다."

사문 한정으로는 따뜻하다.

"이 또한 라마가 이어 준 연. 부디 자비를 베풀어 저에게도 따스함을 가르쳐 주시지 않으렵니까?"

"라마승은 묵언 수행하지 않습니까? 있다면 지금부터 시작하시는 걸 추천하겠습니다."

해가 진다. 빛이 사라지고 어둠의 장막이 꼈다.

밤하늘에 휘황찬란한 보름달이 나타났으나 애석하게도 운해(雲海)에 가려 볼 수 없었다.

주서천도 밤이 되자 멈춰야만 했다. 라마승 탓이었다.

"후욱, 후욱. 여기에서 이십여 장만 가면 동굴이 나옵니다. 그곳에서 밤을 보내는 게 좋을 것 같습니다."

"스님께서는 이거나 입고 기다리십시오."

주서천은 방한의를 벗어서 라마승에게 건넸다.

"시주께서는 혹시 추운 나머지 정신이 나가신 겁니까?"

라마승이 소스라치게 놀랐다. 이 추위 속에서 방한의를

벗는 건 미친 짓이다.

"됐으니까 얼어 죽지 않도록 정신이나 바짝 차리십시오."

주서천은 설명하기 귀찮다는 듯, 동굴 바깥으로 나갔다. 눈보라가 쳤지만 전혀 개의치 않았다.

동굴 근처에 쌓인 눈을 한꺼번에 모았다. 그리고 검을 휘둘러 적당한 크기의 벽돌 모양으로 자른 다음, 엇갈리게 쌓아 올렸다. 틈은 눈으로 덮었다.

눈을 소재로 한 벽이 입구를 채웠다. 빈틈은 동굴 안에 쌓인 눈으로 막았다.

"허어, 내 오랫동안 살아왔지만 그런 건 처음 봅니다."

라마승이 신기한 듯이 눈을 껌뻑였다.

즉석에서 세운 눈 벽이 차가운 공기와 칼날보다 매서운 바람을 차단했다. 마치 남만의 주술 같았다.

"북해의 건축법이라 하더군요. 원래는 원형으로 쌓아 올려 집을 만듭니다."

전란의 시대에서 싸우다가 이것저것 배운 것 중 하나였다.

"시주께서는 나이가 많아 보이지 않은데, 무공도 보통이 아닌 데다가 지닌 지식 또한 대단하군요."

라마승의 가늘게 뜬 눈 사이로 동공이 고요하게 빛났다.

그 눈에 묻어나는 감정은 호기심이었다.

"중원의 지나가는 행인들은 원래 그 정도 합니다."

주서천이 소맷자락 안쪽의 매화가 보여지지 않도록 신경
썼다.

"자, 슬슬 잡시다."

배낭을 베개 삼아 누웠다. 모포는 필요 없었다.

"그나저나, 스님께서는 무슨 일로 대설산에 오르시는 겁
니까?"

엮이기 싫어 신경 쓰지 않으려 했지만, 결국 궁금증을 참
지 못하고 물어봤다.

"고통을 겪고 있는 사람을 보기 위함입니다."

"하?"

"아무리 이 중이 못났다고는 하지만, 저만 질문에 답하
는 것은 조금 불공평하다고 생각하시지 않습니까?"

"잠이나 잡시다."

"……."

*   *   *

암천회주는 턱을 괸 채 말없이 내려다봤다.

"도감부."

"예, 옛!"

도감부장과 그를 따르는 수하들이 답했다. 목소리가 미세하게 떨렸다.

"왜 없나."

암천회주가 묻는다. 그 목소리에는 어떠한 감정도 들어있지 않았다. 그렇기에 더더욱 두려웠다.

"왜, 만년화리가 없나."

꿀꺽.

도감부장이 침을 삼켰다. 동공이 지진이라도 일어난 듯 거세게 흔들렸다.

방금 전 만년화리에 대해서 보고는 올렸다. 아니, 암천회주라면 그 전부터 분명 알았을 것이다.

"칠각사도 없군그래."

일곱 개의 뿔도, 품고 있던 내단도 사라졌다.

도감부장은 칠각사가 육각사가 된 이후 곧바로 독혈곡을 찾아가 이 잡듯이 뒤져 봤다.

하지만 결국 발견되지 않았다. 아무래도 독혈곡에 서식하는 독물과 맹수에게 흡수된 것 같았다.

"그 뿔이라면 능히 명검 일곱을 제작했을 것이고, 내단이면 구파일방의 장로도 꾀어낼 수 있었겠지."

암천회주가 중얼거렸다.

도감부장의 떨림이 심해졌다.

"본좌는 관대한 지도자이니, 그리 두려움에 떨 필요는 없다."

암천회주가 다리를 꼬았다. 실제로 그에게서 분노나 살의는 뿜어져 나오지 않았다.

"도감부장은 그동안 내 밑에서 오랫동안 일해 오지 않았나. 그 공을 헤아리지 못할 정도로 그릇이 작은 지도자는 아니리라."

도감부장은 아무 말도 하지 못하고 머리를 바닥에 찧었다. 쿵 소리가 나며 지면에 금이 갔다.

이마가 찢어져 피가 철철 넘쳤다.

"죄송합니다!"

"그래. 그거면 됐네."

암천회주가 검지를 까딱였다.

푸슈슛.

"끅!"

도감부장 뒤편에 서 있던 수하 십여 명이 외마디 비명과 함께 절명했다. 그 몸이 소리 없이 절단됐다.

"도감부장, 그대는 공을 세운 것이 있고 능력이 뛰어나 쓸모가 있지만 그 뒤의 놈들은 아니다. 아무것도 존재하지 않는, 구더기보다 못한 존재였지. 안 그런가?"

"……그렇습니다."

"자네는 부디 실망시키지 않았으면 좋겠군."

*   *   *

이튿날, 날이 밝았다. 바람은 없었다, 구름도 적다. 대설산에서도 보기 드물 정도로 좋은 날씨였다.

주목랑마가 얼마 남지 않을 때였다. 육안으로 들어올 때쯤, 발걸음이 멈췄다.

"시주, 여기까지 데려와 주셔서 감사했습니다."

쉴 새 없이 떠들던 라마승이 드디어 멈췄다.

대각선으로 우뚝 솟은 바위 근처였다. 이 근방에도 시체 몇 구가 얼어붙어 자리 잡고 있었다.

"이건……."

정상이라서 그런지 시체는 얼어붙어 조금도 부패하지 않았다. 덮인 눈을 감안해도 알아볼 수 있었다.

대머리인 데다가 눈에 익은 옷차림을 하고 있었다. 그 색은 붉지 않고 흰 눈과 같았지만, 법복이 틀림없었다.

"라마교에는 통렌이라는 자비명상법이 있습니다. 직역하자면 말을 주고받는다는 뜻입니다."

라마승이 바위의 끝, 수평을 긋고 있는 넓적한 부분에 앉았다. 아슬아슬했으나 떨어지지 않았다.

"좋은 기운을 들숨으로 빨아들이고, 나쁜 기운을 날숨으로 내뱉는 중원의 호흡법과는 반대이지요."

라마승이 실눈을 슬쩍 떴다.

"통렌은 타인의 고통, 곧 나쁜 기운을 빨아들이고 자신의 좋은 기운, 기쁨을 내보냅니다."

라마승이 천천히 숨을 들이쉬었다가 내쉰다.

"남을 건강하게 하는 것이, 곧 내게 하는 것이리라."

나는 너요, 너는 나이다.

본인과 타인 사이의 분별을 없애고 자비를 보여야 한다. 그것이 곧 보리심(菩提心)이다.

다른 존재를 이롭게 해야 하는 것이 라마, 곧 부처의 보리심이다.

"설마……."

주서천이 주변에 널린 시체를 힐끗 살펴봤다. 다들 하나같이 가부좌거나 비슷한 자세를 하고 있었다.

"대설산은 동시에 죽음의 산으로 불리기도 합니다. 수많은 고통과 원한, 미련으로 가득하지요."

라마승이 머리를 뒤로 천천히 돌렸다.

"그걸 느끼고 싶어 올랐습니다. 전의 질문에 대한 해답이 됐으면 합니다만."

노승의 입가에 주름 가득한 미소가 번졌다.

"전 이곳에서 기다리고 있을 터이니 시주께서는 볼일을 보고 오시지요. 이리로 쭉 올라가면 나올 것입니다."

라마승, 아니 노승이 검지로 한 곳을 가리켰다.

주서천은 그 라마승을 말없이 쳐다보다가, 목례로 인사한 다음 보다 위를 향해 발걸음을 옮겼다.

대설산, 중턱.

일련의 무리가 대설산의 눈밭을 밟는다.

전부 손목에는 염주를 찼다. 걸을 때마다 염주 알을 굴리고, 염불을 외웠다.

이들은 전부 법복을 입었으나, 그 색은 둘이었다.

홍(紅)과 백(白)이었다.

그래도 차림새를 보면 라마승이 분명했다.

"앙동홍암협(霙東紅巖峽) 올탱립상(兀撑立象) 분산일찬(賁山一躦) 측소봉(側小峰)……."

십여 명의 라마승이 염불을 외면서 대설산을 오르는 모습은 신성하게 느껴질 정도였다.

"예주출태장(猊走出態違)."

대설산의 끝자락, 대각선으로 솟은 바위 위에 오른 노승이 실눈을 한 채 불경을 따라 외웠다.

자글자글한 주름 사이에 묻혀 제대로 보이지 않던 그 눈은 지금 만큼은 확연하고 강렬했다.

"흘흘흘. 벌써 오신 겁니까."

노승이 느긋하게 웃으면서 주변의 동사한 라마승처럼 가만히 앉아 있었다.

눈썹에 서리가 붙고, 한차례 바람이 불어도 몸 하나 떨지 않았다. 마치 불상이라도 된 듯 미동도 하지 않고 바위 위에 홀로 앉아서 아래를 굽이 살폈다.

그리고 라마승들은 그런 노승을 위로 올려다보고, 마음에 들지 않는 듯 눈살을 찌푸렸다.

그래서인지 천천히 거닐던 걸음에 힘을 가해, 속력을 올려서 금방 노승이 있는 곳에 도착했다.

"종객파(宗喀巴)!"

눈처럼 흰 법복을 입은 자가 노승의 이름을 불렀다.

"산세가 험준하고, 공기는 얼음처럼 찬데 이 늙은이를 찾으러 이곳까지 오르시느라 수고 많으셨습니다. 마음 같아선 차라도 대접해 드리고 싶지만, 그럴 수 없다는 걸 부디 양해해 주시기 바랍니다."

노승, 종객파는 입가에 웃음을 머금고 예를 갖춰 라마승들을 반겼다.

"그 입만 산 것은 여전하구나!"

라마승이 대설산의 차가운 공기를 식힐 정도로의 열을 냈다. 얼굴이 홍시처럼 벌겋게 달아올랐다.

하나 종객파는 라마승의 불호령에도 아랑곳하지 않은 채, 인자하게 웃으면서 대화를 이어 갔다.

"보아하니 갈거파(喝擧派)와 살가파(薩迦派)인 것 같습니다만, 어인 일로 이 늙은 중을 찾습니까?"

"어인 일? 하!"

라마승이 기가 막히듯이 웃었다.

"종객파. 한파에 머리라도 맞이 간 겐가, 아니면 부처의 가르침을 다 이해하지 못하고 입적(入寂)해야 한다는 것에 두려움을 느껴 미친 겐가?"

"허, 아직 멀쩡한 사람 멋대로 입적시키려 하시지 마십시오. 중이 늙긴 했어도 아직 펄펄합니다."

종객파가 자리에서 천천히 일어났다. 그리고 굽은 허리를 꼿꼿이 세우자 뼈 소리가 요란하게 났다.

"아니. 이곳은 그대의 무덤이 될 걸세."

라마승의 눈이 차갑게 가라앉았다. 그 동공에 조금씩 묻어나는 건 명백한 살의(殺意)였다.

승려가 승려에게 살의를 갖다니, 이 무슨 일인가!

"그러기에 왜 교의(敎義)를 부정하였나. 몇 번이나 자네에게 따가운 눈총이 쏟아졌을 때, 그걸 받아들이고 회개하였다면 이런 일까지는 되지 않았을 걸세."

바람도 불지 않는데 라마승의 소맷자락이 펄럭였다. 보이지는 않지만 공력이 조금씩 흘러나왔다.

종객파는 잘못을 뉘우치라는 그 말을 듣자마자 몹시 탄식하였다.

"포달랍궁, 아니 지금 라마교는 잘못되어도 단단히 잘못되어 있습니다. 삼독(三毒)에 빠져 옳고 그름을 판단하지 못하고, 보이지 않는 어둠에 잠겨 있거늘 어찌하여 그 교의를 따르란 말이십니까."

불교에서 깨달음에 장애가 되는 대표적인 세 가지 번뇌가 있는데, 탐욕(貪慾)과 진에(嗔恚)와 우치(愚癡)가 있다. 이를 보고 삼독이라 칭한다.

"살가파는 오대 교주, 팔사파(八思巴)가 원나라의 대보법왕(大寶法王)으로 봉해진 순간부터 썩기 시작한 것을, 어찌하여 모르십니까?"

살가파의 승려는 특이하게도 혼인도 가능하고, 핏줄도 둘 수 있었다. 다만 자식이 생긴 뒤로는 여자를 가까이할 수 없고, 멀리해야만 했다.

다르게 말한다면 혼인하지 않고, 자식만 두지 않는다면 얼마든지 여자를 안을 수 있다는 소리다.

이후 팔사파가 교파가 실권을 갖게 되는 정교합일(政敎

슴一) 정권을 수립하게 되면서 절정을 이루게 되는데, 이는 라마교의 패악과 방탕함의 원인이 된다.

"속세의 번뇌를 벗어 버리고 일체지(一切智)를 얻기 위해 노력하여야 열반의 경지에 들 수 있다 하는 도과법(道果法)이 살가파의 교의이지 않습니까. 현세의 아름다운 생활을 누리려는 생각을 버리게 하는 것일진대, 어찌하여 그 반대의 길을 걷고 있는지요."

"입 다물게."

라마승의 목소리가 용암처럼 들끓었다.

"대수인법(大手印法)은 또 어떠합니까."

불도의 수행자가 마음을 어느 한 곳에 쏠리게 하여 마음이 흐트러지지 않게 하는 수련법을 뜻한다.

천축(天竺)의 중관론(中觀論)을 바탕에 둔 탓인지, 천축 무학에 영향을 받아 곧 무공으로 탄생하였다.

그것이 포달랍궁의 절기무공, 대수인(大手印)이다.

"그 공부가 원이 망할 때 극에 달해 결국 살가파의 방탕함과 독주를 막았거늘, 어찌하여 그걸 없애기는커녕 이어받으려 하십니까. 그건 분명 잘못됐습니다."

문제는 그 교의도 일찍이 썩어 문드러졌고, 결국 잘못된 방향으로 꺾였다.

무공 수련에 마음이 쏠리고, 이를 열심히 한다면 자연히 열반에 오르니 다른 건 상관없다는 해석으로.

서장 무림의 최고봉, 라마교의 무력 사찰이기도 한 포달랍궁은 권세에 힘입어, 서장의 돈을 쓸어 담고 이익을 추구하기까지 했을 뿐만 아니라 전 정권이었던 살가파와 합세해 방탕함을 지속시켰다.

"닥치라고 하지 않았나! 종객파!"

라마승이 손바닥에 공력을 최대로 실었다. 소맷자락이 폭풍에 휘말린 것처럼 거세게 펄럭였다.

밟고 있던 눈밭이 순식간에 증발했다. 대단할 정도의 열기였다.

"서장의 승려 역시, 중원의 승려처럼 계율을 엄격히 지키고 불경을 착실하게 공부해야 합니다!"

라마승이 눈을 벌겋게 뜨면서 몸을 날렸다. 목표는 두말할 것도 없이, 종객파였다.

불가의 정순한, 아니 이제는 어찌 된 건지 알 수 없는 성질의 힘이 담긴 손을 크게 부풀렸다.

포달랍궁의 대수인이었다.

"때로는 강경책이 필요한 법, 그렇지 않으면 라마교는 후세에 좋지 않게 기록될 것이오!"

종객파는 말을 멈추지 않았다. 반대로 눈을 부릅뜨고, 똑똑히 들으라는 듯이 목소리를 높였다.

그 목소리가 어찌나 쩌렁쩌렁했던지 오랫동안 미동도 하지 않았던 대설산의 봉우리가 움찔 떨었다.

"죽어라!"

라마승의 손바닥이 종객파를 덮친다.

"쉬펄! 거참, 혼자 사는 동네도 아닌데 조용히 좀 합시다!"

그 순간, 짜증 가득한 제삼자의 목소리가 개입하면서 검이 들어왔다.

"……!"

라마승이 눈을 동그랗게 떴다. 종객파를 덮치려던 손바닥은 갑자기 끼어든 검격에 놀라 급히 멈췄다.

"누구냐!"

라마승이 급히 뒤로 물러나며 외쳤다.

방금 전까지만 해도 결의에 가득 찬 얼굴이었던 종객파는, 입가에 다시 인자한 미소를 머금고 있었다.

"지나가던 도사다! 땡중 새끼야!"

주서천이 물러난 라마승을 기습했다.

번개 같은 몸놀림으로 거리를 좁힌 뒤, 라마승이 반격을 하기도 전에 검을 뻗어 가슴 정중앙에 검을 꽂았다.

"커헉!"

실컷 화만 내던 라마승이 눈을 부릅떴다. 지금 이 상황이 믿기지 않는 듯, 눈에는 불신으로 가득 차 있었다.

"아니, 시주. 위에 볼일이 있다 하시지 않았습니까? 혹시 잃어버린 물건이라도 있으셨는지요?"

종객파가 과장스레 반응했다.

"그보다 시주께서는 도사셨습니까? 어쩐지, 제 말에 계속 토를 다시더군요. 하지만 너무 그러지 마십시오. 비록 도학과 불학이 다르다고 할지라도, 서로 이해할 수 있지 않습니까."

"방금 전 내가 검을 꽂은 라마승의 마음을 이해할 수 있을 것 같습니다. 스님을 이렇게까지 때리고 싶었던 적은 정말로 처음이야."

진심이었다.

"중원인?"

라마승들이 주서천의 어감을 듣고 알아챘다.

"중원 무림인!"

그리고 순식간에 안색이 변했다.

중원인에, 방금 전 보였던 건 무공이 틀림없다.

"종객파! 라마교의 교의를 전부 부정하더니만, 이제는 중원인까지 끌어들였나!"

"배신자 놈!"

라마승들이 분노하면서 목소리를 높였다.

주서천이 귀를 새끼손가락으로 후볐다.

"귀청 떨어지겠다. 목소리 좀 줄이자. 그리고 산사태 일으켜서 전부 죽일 생각이냐?"

"큭!"

라마승들이 뭐라 말하려다가 입을 꾹 다물었다.

주서천은 한숨을 푹 내쉬곤, 고개를 돌려 등 뒤의 종객파에게 그럴 줄 알았다는 듯이 말했다.

"스님의 성격이 괴상하고 지랄 맞은 것을 보고 예상은 했으나, 설마하니 같은 승려에게 목숨까지 노려질 줄이야."

"껄껄껄!"

종객파가 기분 좋게 웃었다.

"도와줍니까?"

주서천이 종객파에게 등을 보인 채 물었다.

"옷깃만 스치는 연 아니었습니까?"

종객파가 짓궂게 웃으면서 물었다.

"스님."

앞을 바라보며 다시 한 번 묻는다.

"도와줍니까?"

종객파가 멍한 표정을 지었다가 이내 입가에 맺혔던 웃음을 지우고 고개를 천천히 주억거렸다.

"도와주십시오."

"예."

즉답과 함께 몸을 튕겼다. 눈이 굳어 있는 땅이라 할지라도, 괜히 힘줬다가 밑이 파일지도 모른다.

눈앞의 라마승은 아홉. 붉은 법복이 다섯, 하얀 법복이 넷이었다.

"감히!"

홍법복(紅法服)의 라마승이 손바닥을 부풀리며 일장을 뻗었다. 한 일(一) 자처럼 곧은 직선을 그린다.

앞으로 곧장 날아갔던 주서천은 공중에서 몸을 화려하게 돌려 방향을 꺾으면서 검을 휘둘렀다.

서걱!

라마승의 목이 허무하게 베였다. 그 머리가 공중을 빙글빙글 회전하면서 산 아래를 향해 모습을 감췄다.

"네 이노옴!"

"감히 승려를 살해하다니!"

라마승 넷이 분노하면서 사방위로 덤벼들었다.

"땡중 맞네."

방금 전에 종객파를 죽이려 한 주제에, 승려를 살해했다고 진심으로 화를 내고 있다. 어이가 없었다.

무엇보다 온 감각을 찌르는 살기의 농도가 결코 약하지 않았다. 전란의 시대에서 몇 번 느낀 적 있었다.

게다가 한 치의 망설임 하나 없는 살초. 딱 봐도 한두 번

해 본 솜씨가 아니었다.

괜히 중원에서 라마승을 파계승 취급하는 게 아니라는 것을 깨닫게 됐다.

"죽어랏!"

좌우로 손바닥이 날아왔다. 전후도 마찬가지다.

다만 속도는 제각각이었는데, 앞이 제일이고 그다음이 좌우. 가장 늦어진 것이 후방이었다.

주서천은 좌로 일 보 이동하면서 전방의 경로에서 벗어났다. 그다음에 라마승의 옆구리로 파고들었다.

앞의 라마승이 흠칫 놀라면서 뒤로 물러나려 했으나, 이미 주서천이 파고들어 멱살을 휘어잡았다.

"큭!"

라마승이 놀란 목소리를 냈다.

'무슨 힘이……!'

몸이 우측을 향해서 쏠렸다. 저항해 보려고 내공을 전부 끌어 올렸으나 꼼짝도 할 수 없었다.

결국 그 몸은 손아귀에 이끌려, 우측에서 날아오던 대수인에 주서천 대신 후려 맞았다.

"케엑!"

라마승이 피를 울컥 토해 냈다.

"이런!"

우측의 라마승이 당황했다. 좌측과 후방에서도 순간적으로 동요가 일어났다.

주서천은 동요를 놓치지 않고, 지면을 살포시 차곤 라마승들의 머리 위로 올랐다. 화려하게 제비를 돌아 착지한 곳은 후방에 있던 라마승의 뒤였다.

'실력자지만, 그렇게까지 대단한 건 아니다.'

전부 절정의 고수라서 조금 놀라기는 했지만, 그뿐이었다. 화경의 고수 앞에서는 무력했다.

라마승들이 아차, 하는 사이에 검을 재빠르게 휘둘렀다. 그들의 눈에는 잔상밖에 보이지 않았다.

"끄아아악!"

파바밧!

검이 법복을 가르고, 그 안에 있는 동맥을 잘랐다. 재빠르면서도 섬세한, 무시무시한 검술이었다.

순결로 가득했던 새하얀 눈밭이 라마승의 피로 젖었다. 그들의 몸에서 피가 안개처럼 뿜어져 나왔다.

네 명의 라마승이 순식간에 절명했다.

"고수!"

네 명밖에 남지 않은 라마승들이 바짝 긴장했다.

그들은 주서천에게 섣불리 접근하지 않고, 거리를 벌렸다. 긴장으로 땀방울이 뺨을 타고 주르륵 흘렀지만, 떨어지기도 전에 얼어붙었다.

"허어!"

종객파도 감탄을 금치 못했다.

'무공이 보통이 아니라고는 짐작했지만, 설마하니 이 정도일 줄이야!'

대설산의 한파를 아무렇지 않게 여기고, 방한의를 넘기고도 춥다는 소리 한 번 안 했다.

어린 나이에 벌써 최소 절정의 고수라는 걸 깨닫고 놀랐었는데, 아무래도 추측이 틀린 듯했다.

라마승들이 수적으로 우위에 있었고 주서천을 어리다고 얕봤으나, 아무리 그래도 이건 과한 감이 있었다.

방금 목숨을 잃은 자들 모두 절정의 경지다.

그런데 제대로 된 반항하지 못하고 순살이라니!

최소 초절정이라는 뜻!

"누구냐."

라마승이 경계하는 눈초리로 주서천을 쳐다봤다.

"중원의 무학은 그 수준이 다르다고는 들었지만, 아무리 그래도 이 정도로 압도적일 수는 없다. 약관밖에 되지 않았는데 이 정도의 강함이라고?"

방금 전 보인 움직임은 결코 사술이 아니다. 그렇기에 더더욱 경계했다.

"누구냐고?"

주서천이 검에 묻은 피를 툭툭 털었다.

그러곤 허리를 꼿꼿이 폈다. 고개는 살짝 오연하게 들었다. 가슴은 당당하게 보이도록 쫙 폈다.

"화산의 주서천이다."

답답했던 무엇인가가 뻥 뚫린 기분이 들었다.

"헉, 미친."

아차, 싶었다.

"화산? 구파일방의 화산파?"

"화산파가 왜 서장의 일에 개입하는 것이오!"

화산파라는 이름이 나오자마자 어조가 바뀌었다.

"이 간악한 파계승 놈들!"

주서천이 몸을 부들부들 떨었다.

"내가 그동안 숨겨 왔던 걸 간교한 그 혀 놀림으로 밝히게 하다니, 그야말로 마라나 다름없구나!"

검에 기를 잔뜩 주입했다. 라마승들이 그 양이 범상치 않은 것을 보고 기겁했다.

"이, 이보게, 대협. 진정하게나. 일단 대화를 하세."

"자네는 지금 저 뒤의 파계승의 간계에 속고 있음이 분명하네."

"무엇인가 오해가 있는 것 같은데, 검을 거두고……."

라마승들이 필사적으로 말하면서도 눈에 띄지 않게 조금씩 주서천에게 다가갔다. 속셈이 뻔히 보였다.

"너희는 알아서는 안 될 것을 알았다! 비밀을 위해서라도 여기에서 죽어 줘야겠다!"

주서천이 어디서 많이 들어 본 말을 읊으면서 라마승들에게 뛰어들었다.

"무슨 일이 있더라도 놈을 쳐 죽여라!"

누군가의 외침을 시작으로, 남아 있는 라마승 전부가 살의를 뿜어내면서 날아왔다.

역시나 했지만 대화할 생각은 없었다. 주의를 끌기 위해서 진정하느니 마느니 한 것뿐이었다.

주서천과 라마승들이 충돌했다.

중년의 라마승이 손바닥을 날렸다. 아까 전 라마승들보다 손 크기가 배는 컸다. 담긴 공력도 크다.

주서천도 검을 앞으로 쭉 뻗었다. 라마승의 손바닥 정중앙을 노렸다.

'멍청한 놈!'

라마승이 속으로 그런 주서천을 비웃었다.

확실히 눈앞의 화산의 애송이가 고수인 것 같기는 하지만, 그래 봤자 약관이다. 내공의 차이가 난다.

자신의 손바닥이 검에 닿는 순간, 기와 기가 충돌할 것이다. 그럼 장력(掌力)이 놈의 내장을 박살 낸다.

"내공 대결?"

피식.

주서천이야말로 라마승을 비웃었다.

"어?"

라마승이 손바닥에서 느껴지는 화끈한 통증에 멍한 표정을 지었다.

정신을 차렸을 때, 눈에 들어온 것은 손바닥을 꿰뚫고 날아오는 검 끝이었다.

푸우욱!

주서천의 검이 손바닥에 구멍을 내고, 나아가 이마 정중앙을 꿰뚫고 뒤통수 바깥으로 나왔다.

"안 돼에!"

옆에서 비통한 외침이 들렸다. 목소리에서 슬픔과 분노, 나아가 살의와 증오심이 확 느껴졌다.

보아하니 방금 전 라마승이 단순히 동문은 아니었던 모양. 분노로 가득 찬 손바닥이 얼굴을 노려 온다.

휙!

필살의 일격이었으나, 맞지는 않았다. 주서천이 그 전에 검과 함께 뒤로 빠져 피해 버렸다.

그리고 주저함이나 미안함 하나 없이, 검에 힘을 담아 수

직선을 그려 냈다.

서걱!

분노한 라마승의 팔이 잘렸다. 어찌나 깨끗한지 절단면에서 피 한 방울 흘러나오지 않았다.

라마승이 바닥에 떨어지는 팔을 보고 비명을 토해 낼 무렵, 주서천이 재차 검을 휘둘러 목을 베었다.

"네놈은 필시 지옥에 갈 것이다!"

뒤쪽에서 분노에 찬 목소리가 들렸다. 몸을 황급히 돌려 보니 홍법복 중 마지막 남은 라마승이었다.

손바닥이 하나가 아니었다. 둘이었다. 두 사람이 아니라, 쌍장(雙掌)이었다. 거리가 제법 가깝다.

'음.'

조금 놀라웠지만, 당황하지는 않는다.

휘두를 시간은 없었다. 그 대신에 검을 수평으로 들었다.

'끝이다!'

라마승이 콧방귀를 꼈다.

방금 전 일격은 내상을 감안하면서 최대 공력을 담았다. 게다가 쌍격까지 펼쳤다.

그런 상황에서 검을 휘둘러 막기는커녕, 수평으로 들었다. 어찌 될지는 뻔했다.

서걱!

"……?"

라마승이 두 눈을 의심했다. 지금 벌어지는 상황을 이해할 수가 없었다.

포달랍궁의 무공 수련은 손부터 단단하게 만드는 걸로 시작한다. 그리고 기를 운용하면 맨손으로 검까지 쳐 낼 수 있다. 그렇지 않으면 검을 상대할 수 없다.

검수와 정면으로 충돌한다 하면, 보통은 내공의 차이로 결과가 난다. 서로 내력을 소모하다가 검수 쪽이 먼저 떨어진다면 검과 함께 밀어 버려 타격했다.

그런데 그 상식이 방금 무너졌다.

내공끼리 부딪치면서 대결한 것도 아니었다.

검에 닿는 순간, 약간의 저항도 없이 손바닥이 반으로 잘려 나갔다. 손가락째로 잘린 반이 둥실 떠오른다.

'설마…….'

그러나 이 상식을 무너뜨릴 수 있는 법칙이 있다.

기가 실린 것 자체도 자를 수 있는 것!

무인이라면 누구나 꿈꾸는 그 경지에 올라야 얻는 힘!

'저 나이에 검강이라니, 그럴 리 없…….'

서걱!

라마승은 다음 생각을 이을 수 없었다. 몸이 앞으로 무너지면서, 머리까지 베였기 때문이었다.

"⋯⋯."

최후의 라마승도, 종객파도 말을 잇지 못했다.

둘은 방금 전 일이 워낙 순식간에 일어나서 보지 못했다. 주서천도 강기를 둘렀다가 금방 풀었다.

그들이 놀란 건 방금 전까지만 해도 살아 있던 아홉 명의 포달랍궁 고수가 전부 죽은 것 때문이었다.

딱딱딱!

뼈가 부딪치는 소리가 났다.

라마승이 턱을 부딪치면서 덜덜 떨고 있었다.

"히, 히이익!"

라마승의 얼굴이 새하얗게 질렸다. 그렇지 않아도 주변이 흰 눈으로 뒤덮여 있어 잘 어울렸다.

주서천이 라마승에게 천천히 걸어갔다. '사박사박' 하고 눈 밟는 소리가 고요하게 울렸다.

"부처님의⋯⋯."

"원시천존이시여!"

서걱!

주서천이 라마승의 말과 함께 목을 잘랐다.

"끄응."

종객파도 완전히 괴팍한 땡중은 아니었다.

눈앞에서 승려가 살해당하는 것이 불편한 듯, 눈을 감고 고개를 돌렸다. 조금 괴로워 보였다.

"자비다 뭐다 그런 소리 하지 마십시오."

주서천이 검을 갈무리했다.

"아까 전, 놈들은 저에게 대화를 요청하는 척하면서 호기를 노렸습니다. 살생은 불가피했습니다."

전장에서 배운 것 중 하나다.

자비를 베풀 것이라면 적어도 상대를 잘 봐야 한다.

"시주께서는……."

종객파가 다시 눈을 떴다. 실눈이 가늘게 열렸다.

늙은 승려는 젊은 도사의 눈을 바라보았다.

"기이하십니다."

겉모습은 분명 약관이었지만, 눈에 품은 것은 결코 소년이나 청년의 것이 아니었다.

그것은 산전수전 다 겪은 노장의 것이었다.

"마치, 활불환생(活佛還生)을 보는 것 같구려……."

무심코, 그리 중얼거렸다.

〈다음 권에 계속〉